生命越讀

——大學國文選

柯明傑 主編

尤麗雯、朱書萱、余昭玟、李美燕、林秀蓉、林其賢、
柯明傑、黃文車、黃惠菁、簡光明、嚴立模、鐘文伶 等著

五南圖書出版公司 印行

編輯說明

「國文」在各大學都列為必修課程，可見其重要性，但它不該只是中學國文教材與教法的延續，當有所突破與創新。屏東大學中文系多年來關注國文教材的選編，所規劃的國文課程，早先以增進學生對古今文學的閱讀、思考與應用能力，提升語文聽說讀寫的素質為教學目標。經系上同仁共同研發教材，自二〇一〇年起，陸續出版了《大學國文選》與《應用國文》。五年前，本系主辦教育部「全校型中文閱讀書寫課程革新推動計畫」，而今又承接「二〇一八高等教育深耕計畫」，是以陸續將課程做更精緻的設計，由傳統的增進語文教育轉而以生命教育為授課的目標。在此主旨之下，乃以主題模式取代之前依時代與文類編排的方式，打破既有大學國文選的框架，擬定八個與生命教育關係密切的主題，即：「自我成長」、「家庭親情」、「友朋情愛」、「族群文化」、「歷史承傳」、「自然山水」、「壯遊世界」、「生命感悟」，作為本課程教學之主軸。

教學主軸的安排，主要著眼於一己成長的發展：進入大學，乃跨越成人的開始，故自我的成長，開始擔負起責任與抱負；而後擴及家庭親情，進而人際關係的友情、愛情；再擴及不同族群的文化交流、歷史的承傳與未來的展望，而後則是與生活息息相關的環境關懷，進而立足當下，放眼世界，激發雄心壯志，宏觀視野；最後，再回溯成長的過程中，因得失成敗、興衰禍福、貴賤窮亨、用舍進退等不同際遇而自覺的感受、憬悟的智慧作為安身立命的終結。

本教材的編輯體例，每單元依主題收錄三篇（首）詩文，並給予簡易注解，而後有「導讀」一節，主要是對作者概略的介紹與文章的評析；再後則有「延伸閱讀」，提供相關的專書、篇章或影音材料，使讀者在課文之外，能擴大閱讀的範圍。最後則有「問題與討論」，作為讀者思考、探究的導引。

本教材所進行的改變，期望達成以下五項目標：

1. 厚實語文素養——國文課程以篇章閱讀為依據，涵養敦厚性情為目的。所選讀之篇章，皆為古今優秀之作品，足堪學習模仿。經由精審細緻之講授與分析，學生對於優美辭章之欣賞、組織架構之理解、主旨思想之掌握當更能完整與深入。
2. 增進閱讀興趣——在選文之外，提供相關之作品作延伸閱讀。教師從旁指導，針對不同學系性質之教學設計，藉由分析、報告、討論、寫作、展演、評量等方式，使學生擁有解讀文章之基本能力，從中發掘樂趣，進而養成永續閱讀的習慣。
3. 提昇表達能力——聽說讀寫，是高等教育之基本目標，而現今大學生語文表達的能力，往往語辭粗俗、文筆生澀、思想平泛。究其原因，乃是由於根柢不厚、學識窘迫、蓄積脆薄所致。因此，本教材，乃希望藉深刻的理解、多量的閱讀、潛移的仿效、認真的寫作，進而厚其根柢，美其文辭，順其思路，提昇其表達之能力。
4. 深入認識自我——朱光潛說：「文學是一種與人生最密切相關的藝術。」亞里斯多德則說：「人的描寫居於文學的首要地位；而人生，勢必成為文學表現的主要對象，或文學表現的核心問題。」透過文學作品對人生的探討，使學生對於人生的面向有廣泛的了解，並深刻地認識自我。
5. 建立宏觀的視野——本課程主軸結構有八項主題，呼應透過蘊涵社會共同情感及價值之文學文本，開拓其對於生命關照、社會關懷、族群與世界之宏觀視野。

本書不論選文、注釋、導讀、延伸閱讀或問題討論，皆是系上同仁用心研析所成；但或因時間、觀點的限制，難免疏漏不足，祈請任課老師、學界先進不吝指教，以供修正，無盡感紉。

目次

單元一　自我成長

一、冠義／《禮記》
二、始作鎮軍參軍經曲阿／陶淵明
三、記游松風亭／蘇軾

一、冠義

《禮記》

課文

凡人之所以爲人者，禮義也。禮義之始，在於正容體❶、齊顏色❷、順辭令❸。容體正，顏色齊，辭令順，而后禮義備，以正君臣，親父子，和長幼。君臣正，父子親，長幼和，而后禮義立。故冠而后服備，服備而后容體正、顏色齊、辭令順，故曰：「冠者，禮之始也。」是故古者聖王重冠。

古者冠禮，筮日、筮賓❹，所以敬冠事；敬冠事，所以重禮；重禮，所以爲國本也。故冠於阼，以著代❺也；醮於客位，三加❻彌尊，加有成❼也；已冠而字

❶容體：舉止、舉動。
❷顏色：面容、態度。
❸辭令：言語、言談。
❹賓：主持加冠之禮的尊長。
❺著代：著，表明。代，將代其父而為家長。
❻三加：加冠三次。據《儀禮．士冠禮》所記，三加冠依次是緇布冠、皮弁、爵弁，越來越尊貴。
❼加有成：勉勵有所成就。

之，成人之道也。

見於母，母拜之；見於兄弟，兄弟拜之，成人而與爲禮也。玄冠玄端❽，奠摯❾於君，遂以摯見於鄉大夫❿、鄉先生⓫，以成人見也。

成人之者，將責⓬成人禮焉也；責成人禮焉者，將責爲人子、爲人弟、爲人臣、爲人少者之禮行焉。將責四者之行於人，其禮可不重與？

故孝弟忠順之行立，而后可以爲人；可以爲人，而后可以治人也。故聖王重禮，故曰：「冠者，禮之始也，嘉事⓭之重者也。」是故古者重冠。重冠，故行之於廟；行之於廟者，所以尊重事⓮；尊重事而不敢擅⓯重事；不敢擅重事，所以自卑而尊先祖也。

❽玄冠玄端：玄冠，指緇布冠，色黑。玄端，即黑色禮服。
❾奠摯：奠，置放。摯，通「贄」。初見或晉見時所贈之禮物。
❿鄉大夫：在鄉而有官爵的人。
⓫鄉先生：鄉中告老還鄉的士大夫。
⓬責：要求。
⓭嘉事：即嘉禮。冠禮屬吉、凶、軍、賓、嘉中的嘉禮。
⓮重事：大事。
⓯擅：專擅。

導讀

〈冠義〉為《禮記》中的第四十三篇，主要解釋闡明「冠禮」（成年禮）的意義。華夏先祖對於冠禮非常重視，所謂「冠者禮之始也」，《儀禮》將〈士冠禮〉列為開篇第一禮，絕非偶然。鄭玄曰：「名曰〈冠義〉者，以其記冠禮成人之義。」古代貴族男子到了二十歲，要舉行隆重的加冠典禮，表示該男子已經成人，可以擁有成年人所有的權利和義務。本篇主要有兩部分：一則論冠禮的重要性，一則論〈士冠禮〉中某些具體禮節的含義。

世界各國都有不同的成年禮，而古代中國的成年禮，男子是行冠禮，女子則是行笄禮，可說是通過髮飾的改變，將初成年者與未成年人區分開來；然而，髮飾的改變只是表面的形式。在儒家看來，行冠禮作為成人之禮，還承載著更深厚的社會文化意義。因為舉行冠禮後，表示一個青少年正式成為成年人，開始被視為具有獨立的人格，有資格參與各種典禮儀式，所以冠禮可說是一個人步入社會參與各種活動的標記。

古人對冠禮甚為慎重，所以一般都選在祖廟舉行。在舉行典禮之前，家長要先鄭重卜筮，以決定舉行冠禮的日子和主持冠禮的尊長。在正式進行冠禮的過程中，先是由尊長為受冠禮者換戴三種帽子：第一頂是日常禮儀用的緇布冠，其次是一般正式場合用的皮弁，最後則戴上重要典禮所用的爵弁。

除了換戴不同材質的帽子之外，受冠的青年也要隨著更衣。一開始，從未成年者所穿著的彩衣換成玄端服，而後又換成白色的下裳和蔽膝，最後再換上絳色的纁裳和蔽膝等。每一次換裝戴帽時，主持的尊長都要向這位青年述說一段勸戒、勉勵的話，展現出長輩對他的督促和期望。

行冠禮的過程中，隨著冠服材質、樣式的改變，不僅提示受冠者身分的變化，同時也提醒受冠者，從今日起，自己的言行舉止、神色辭氣，不可再如少年般放任肆意，都必須自己負責，在面對現實生活時，已無所依賴或逃避，自然激起自我獨立的意識和責任感，挺起胸膛，堂堂正正地邁向未來的人生。

加冠之後，尊長要公開宣布為這位受冠的青年取一個「字」，從此，除了親長之外，大家都不能直呼他的本名，而要稱他的字，以表示尊重。行完冠禮後，這位青年的母親和兄弟都要向他敬禮，表示尊重他從此成為一個成人。而後，青年還要擇日穿上禮服，以成人的禮數去覲見國君、地方長官和鄉里長老，一則表示開始以成人身分參與社會活動，一則接受長者的祝福與勉勵，以激發理想和志氣。整個冠禮的過程引發受冠者自尊自重的精神，從而建立崇高的理想，實為一項深具教育意義的禮儀。

延伸閱讀

一、鹿橋：《人子》。臺北：臺灣商務印書館，二〇〇七年五月。

二、龍應台：《親愛的安德烈》。新北市：印刻文學，二〇一五年七月。

三、洪蘭：《學會思考——創造樂在學習的人生》。臺北：天下雜誌，二〇一四年七月。

四、霍建起導演：「那山．那人．那狗」。瀟湘電影製片廠、北京電影製片廠聯合製作，一九九九年。

問題與討論

一、請調查、記錄某一地區或族群之成年禮。

二、名與字之間有密切的關係。請分析說明「名」和「字」的關係有哪些？

三、請給自己取個「字」，說明解釋取此字的理由，以作為自己成年的紀念。

四、《史記・高祖本紀》中，劉邦曾說：「夫運籌策帷帳之中，決勝於千里之外，吾不如子房；鎮國家，撫百姓，給餽饟，不絕糧道，吾不如蕭何；連百萬之軍，戰必勝，攻必取，吾不如韓信。」其中為何稱張良為「子房」，而稱蕭何、韓信則直呼其名，可能的原因是什麼？

柯明傑老師撰

二、始作鎮軍參軍❶經曲阿❷

陶淵明

課文

弱齡❸寄事外❹，委懷❺在琴書。被褐❻欣自得，屢空❼常晏如❽。時來❾苟❿冥

❶始作鎮軍參軍：始作，初就職務。鎮軍參軍，乃鎮軍將軍府的參軍。
❷曲阿：今江蘇省丹陽縣。
❸弱齡：少年，指二十歲時。
❹事外：世俗、紅塵之事外，此指入仕為官。
❺委懷：寄情。
❻被褐：身穿粗布衣。
❼屢空：指食用常常缺乏，即貧困。
❽晏如：安之若素的樣子。
❾時來：指機會來時。
❿苟：暫且。

會⓫，宛轡⓬憩通衢⓭。投策⓮命晨裝⓯，暫與園田疏。眇眇⓰孤舟逝，綿綿⓱歸思⓲紆⓳。我行豈不遙，登降⓴千里餘。目倦川途異，心念山澤居。望雲慚高鳥，臨水愧游魚。眞想㉑初在襟，誰謂形跡拘。聊且憑㉒化遷㉓，終返班生廬㉔。

⓫冥會：暗中巧合。
⓬宛轡：放鬆駕馭馬的韁繩。
⓭通衢：四通八達的大道，此處比喻仕途。
⓮投策：放下手杖。
⓯命晨裝：使人清晨備妥行裝。
⓰眇眇：遙遠的樣子。
⓱綿綿：連綿不斷的樣子。
⓲歸思：思歸之情。
⓳紆：纏繞。
⓴登降：或上或下，指跋山涉水。
㉑真想：純真樸實之想。
㉒憑：任憑。
㉓化遷：自然造化的變遷。
㉔班生廬：指仁者、隱者所居之處。班生，指東漢班固，他在〈幽通賦〉中寫道：「里上仁之所廬。」廬，指房屋。

導讀

陶淵明（三六五～四二七？），一名潛，又字元亮，別號五柳先生。晉潯陽柴桑（今江西九江西南）人。曾祖父陶侃是東晉開國元勳，封長沙公，追贈大司馬；祖父陶茂曾任武昌太守，父親早逝，不知名。陶淵明早年曾任州祭酒、鎮軍參軍、建威參軍及彭澤令等，義熙二年（四〇六）因不願為「五斗米折腰」，而辭官回家，從此隱居不仕，直至病故，私諡「靖節」。昭明太子蕭統稱他「文章不群，詞采精拔，跌宕昭彰，獨超眾類，抑揚爽朗，莫之與京」、「橫素波而傍流，干青雲而直上。語時事則指而可想，論懷抱則曠而且真。」（〈陶淵明集序〉）作者以質樸自然的藝術風格，平易韻深的語言特色，開創了田園詩的新形式，為「田園詩人」的重要代表。

本詩成於東晉安帝元興三年（四〇四），時陶淵明四十歲。當時作者被徵辟為鎮軍府的參軍，在赴京口任職途中經曲阿而作。陶淵明一生中有幾次出仕經歷，但都不符合自己的期待。因為曾祖父陶侃曾經是朝中重臣，而祖父陶茂、父親均亦從政，加上受傳統儒家「兼濟天下」觀念的影響，因此，走上仕宦為必然的選擇。《孟子．萬章下》提到：「仕非為貧也，而有時乎為貧。」說明知識份子出仕，本因建立在治國平天下的宏願上，不應出於貧窮，而為稻粱謀。但是，生活困頓，有時不得不然，這也是情有可原者。淵明的出仕也不外乎在這兩種背景下：或因貧窮，如任「州祭酒」；或為大濟蒼生，如任「鎮軍參軍」。

當時，東晉王室偏安江南，當政者整日只顧享樂，對外面動盪不安的場景視而不見。權貴們除了相互對泣、崇尚虛無之外，完全束手無策，使國家陷入風雨飄搖的危機中。陶淵明出仕，本欲建功立業，實現知識份子救國的理想抱負，無奈幾次靠近權力的核心，竟發現當政者表面是以反昏庸專擅為口號，暗中卻又爭權奪利，遂其陰謀野心。於是陶淵明熱情頓減，出仕與復歸田園的矛盾不斷衝擊著他。作者一心處兩端，在仕與隱之間猶豫徘徊，彼此消長。在痛苦的選擇擺盪中，他不斷的捫心自省，自我叩問，到底何去何從！「目倦川途異，心念山澤居。望雲慚高鳥，臨水愧游魚。真想初在襟，誰謂形跡拘。聊且憑化遷，終返班生廬。」說明了他反覆掙扎的心路歷程。因心累而思鄉，因望雲臨水，見鳥魚之自由而覺悟不如。大自然純樸的本然存在，觸發了詩人「本心」的回歸，原來「真想」，一直都在，只是暫時的隱沒。他審視自我，在真實的面對自己內心的聲音，自我反省、自我面對、自我解剖後，坦然與自己的靈魂對話，從而更確認了自己的方向，也明白自己的選擇應該是回歸田園，順其自然，走完人生道路。

延伸閱讀

一、韓愈：〈五箴〉，見《全唐文》卷五五七。北京：中華書局，一九八三年十一月。
二、張岱：〈自為墓誌銘〉，見《瑯環文集》。杭州：浙江古籍出版社，二〇一三年四月。
三、魯迅：〈影的告別〉、〈墓碣文〉，見《魯迅精品集3：野草》。臺北：風雲時代出版公司，二〇一〇年四月。
四、徐志摩：〈自剖〉、〈再剖〉，見《自剖》。天津：百花文藝出版社，二〇〇五年一月。
五、巴金：〈小狗包弟〉，見《隨想錄》。北京：作家出版社，二〇〇五年十月。

問題與討論

一、你一般在什麼樣的情況下，才會有勇氣自我反省？

二、你曾經在某些事件中，自我解剖，誠實面對自己嗎？請說明分享個人經驗。
三、面對錯誤的選擇，以個人的情性及特質，你會將錯就錯，還是及時回頭？請說明其中原因。
四、你覺得要進行自我省察和解剖，需要具備哪些條件？
五、陶淵明這句話：「悟已往之不諫，知來者之可追」，在你的人生遇到挫折、失意或錯誤選擇的時候，能帶來什麼樣的作用？

黃惠菁老師撰

三、記遊松風亭

蘇軾

課文

余嘗寓居❶惠州嘉祐寺❷，縱步❸松風亭❹下，足力疲乏，思欲就床止息。望亭宇尚在木末❺，意謂如何得到？良久忽曰：「此間有甚麼歇不得處？」由是心若掛鉤之魚，忽得解脫。若人悟此，雖兩陣相接，鼓聲如雷霆，進則死敵，退則死法，當恁麼時❻，也不妨熟歇❼。

❶寓居：暫居。
❷嘉祐寺：故址在白鶴峰以東，明代改建城隍廟。今為廣東惠州東坡小學所在地。
❸縱步：邁開步伐。
❹松風亭：原在嘉祐寺旁邊，在廣東省惠陽縣東彌陀寺後山嶺上，今惠州橋東區東坡小學的後山上。
❺木末：樹梢，喻指高處。
❻當恁麼時：當那個時候。
❼熟歇：好好歇息一番。

導讀

蘇軾（一〇三六～一一〇一），字子瞻，一字和仲，號東坡居士。北宋眉山（今四川眉山縣）人。與父洵、弟轍，號稱「三蘇」。嘉祐年間中進士第，多次被朝廷命官，但因新舊黨爭牽累，多遭貶謫，初至黃州，後逐惠州，最遠則至儋州（今海南島）。徽宗朝卒於常州，諡號「文忠」。蘇軾才華洋溢，舉凡詩、詞、散文、書法和繪畫，無一不能，而且皆屬精善，才藝多方，乃當代文壇領袖。

紹聖元年（一〇九四）十月二日，蘇軾始至惠州，最初寓居嘉祐寺。這一天他拄杖而行，欲至松風亭，然而行至半途，卻已感到疲累，心想若能靠著歇息一會兒多好！抬頭仰望遠處，發現山頂上的亭子仍遙不可及，正煩惱不知得多久才能抵達？休息許久，忽然轉念一想：即使爬到山頂亭子那裡又如何？什麼地方不能歇息？能爬上去固好，因疲累而爬不上去，轉身返回也無妨！想到這裡，心中頓時有種解脫的輕鬆自在感。文中，更以兩軍對陣比喻：往前衝鋒可能會死在敵人手中，往後退縮，又會被軍法究辦，這時該如何是好？所謂「當恁麼時，也不妨熟歇」，只要鬆綁自己的緊張、糾結，冷靜下來，不再顧慮功利，保持一顆清明的心，隨遇而安，就能得其自在。

這篇文章中所談的，正是人生面對憂患的心態。蘇軾藉助對山水景物的靜默觀照，而獲得覺悟的智慧。其時寓居嘉祐寺，身處松風亭，「晨興鴉鵲朝，暮與牛羊夕」，每天面對二千餘株的松樹，清風徐來，縱步亭下，詩人反而覺得坦適。在默然聽風、觀松中，蘇軾終於體悟了「解脫」之道，頓悟到唯有將「心」與外界脫鉤，精神才能自由，生命才能得到自在！

長期以來，蘇軾總是在「進則死敵，退則死法」的人生出處中為難，進不得又無所逃，輒受制於外界俗世的紛擾糾葛。這一刻，他終於參透人世。蓋世間一切煩惱都是由「有自有他」而產生，從二元對立中，產生一切痛苦。面對不斷的人生選擇，他「長恨此身非我有」，卻又無能為力改變。縱使覺知問題所在，但一念之間，又落入我執，自我束縛。然此刻，他的人生已退無可退，雖是無力招架，卻仍想奮力掙脫繩縛，終於，在游松風亭的當下，觀物醒悟，明白唯有看破執迷，無自無他，才能自得。四十年的宦海波瀾，進退維谷，糾結矛盾，難以自拔，一切根源，全在於以心為形役。此生此際，終於讓他體悟到「不妨熟歇」的放鬆，放鬆即能放下，放下而「無所思」，就沒有執念，沒有對立，可以隨處歇息，可以自由呼吸，可以讓自己無所往而不樂，這才是真正的大自在！

延伸閱讀

一、《莊子・雜篇・則陽第二十五》，見〔晉〕郭象注、〔唐〕陸德明釋文、〔唐〕成玄英疏、〔清〕郭慶藩集釋：《莊子集釋》。臺北：商周出版社，二〇一八年一月。

二、馬致遠：〈雙調・夜行船・秋思〉，見賴橋本譯注：《元曲三百首》。臺北：三民書局，二〇〇五年九月。

三、余光中：〈中國山水遊記的感性〉、〈中國山水遊記的知性〉，見《從徐霞客到梵谷》。臺北：九歌出版社，二〇〇六年七月。

四、慧敏法師撰、金京鋒譯：《幸福要趁早，覺悟不嫌晚：一位與眾不同的哈佛生的心靈遊記》。臺北：親哲文化公司，二〇一一年六月。

五、商業周刊編輯部（作者含賈伯斯、大前研一等人）：《我相信的事：領悟一句話，人生開始不同》。臺北：商周出版公司，二〇一四年十月。

問題與討論

一、你曾經在微觀事物或停下腳步的過程中，忽然領悟一些道理嗎？

二、「覺悟」是佛家語。「覺」字下面是「見」，「悟」字左邊是「心」，右邊是「吾」，所謂覺悟，不也是「看見自己的心」？你可以瞭解世界和他人，但只有看見自己的心，才是覺悟。請問：你是否曾有過覺悟的經驗？請提出並予以分享。

三、文中蘇軾的轉念，讓他緊繃的人生，得到一個舒緩。轉念，就是一念之間的轉向，可以拉你往上，也可以推你向下，你是否可以舉例說明「轉念」的重要性？

四、從文中可知，蘇軾領悟到「脫鉤之魚」，才能得到解脫，看似簡單的道理，其實有大學問，你能否解釋說明，為什麼世人看似明白卻還是很難覺行這個道理？

黃惠菁老師撰

單元二　家庭親情

四、包待制三勘蝴蝶夢（第二折）／關漢卿

五、貧賤夫妻／鍾理和

六、出不來的遊戲／張經宏

四、包待制三勘蝴蝶夢（第二折）

關漢卿

課文

（張千領祗候❶排衙科，喝云）在衙人馬平安！喏！（外扮包待制❷上，詩云）咚咚衙鼓響，公吏兩邊排。閻王生死殿，東岳攝魂臺❸。老夫姓包名拯字希文，廬州金斗郡四望鄉老兒村人也。官拜龍圖閣待制學士，正授開封府府尹。今日升廳，坐起早衙。張千，分付司房❹，有合❺僉押❻的文書，將來老夫僉押。（張千云）六房吏

❶祗候：指官府的衙役。
❷待制：官名。唐朝開始設置。宋朝於殿、閣皆設待制，如「保和殿待制」、「龍圖閣待制」之類，典守文物。遼金元明都在翰林院設待制。
❸東岳攝魂臺：東嶽大帝掌管人間生死。「東岳」即「東嶽」。
❹司房：元明州縣衙門負責記錄口供、管理案卷的文書部門
❺合：應該。
❻僉押：在文書上簽名畫押。

典❼，有甚麼合僉押的文書？（內應科）（張千云）可不早說。早是酸棗縣❽解到一起偷馬賊趙頑驢。（包待制云）與我拿過來。（祗候押犯人跪科）（包待制云）開了那行枷者。兀那小廝，你是趙頑驢，是你偷馬來？（犯人云）是小的偷馬來。（包待制云）張千，上了長枷，下在死囚牢裏去。（押下）（包待制云）老夫這一會兒困倦。張千，你與六房吏典，休要大驚小怪的，老夫暫時歇息咱。（張千云）大小屬官，兩廊吏典，休要大驚小怪的，大人歇息哩。（包做伏案睡做夢科，云）老夫公事操心，那裏睡的到眼裏？待老夫閒步遊玩咱。來到這開封府廳後一個小角門，我推開這門。我試看者，是一個好花園也。你看那百花爛漫，春景融和。兀那花叢裏一個攝角亭子，亭子上結下個蜘蛛羅網，花間飛將一個蝴蝶兒來，正打在網中。（詩云）包拯暗暗傷懷，蝴蝶曾打飛來。休道人無生死，草蟲也有非災❾。呀，蠢動含靈，皆有佛性❿。飛將一個大蝴蝶來，救出這蝴蝶去了。呀，又飛了一

❼六房吏典：地方衙門中吏役的總稱。宋朝門下省設孔目房、吏房、戶房、兵房、禮房、刑房等六房。元明清州縣衙門設吏、戶、禮、兵、刑、工六房。吏典，元明清府縣的吏員。

❽酸棗縣：古代地名，秦朝開始設置，北宋時改名延津縣，即今河南延津縣。

❾非災：意外之災。

❿蠢動含靈，皆有佛性：蠢動，泛指動物；含靈，具有靈性的人類。「蠢動含靈」猶言一切眾生。宋洪邁《容齋續筆・蜘蛛結網》：「佛經云：『蠢動含靈，皆有佛性。』……天機所運，其善巧方便，有非人智慮技解

個小蝴蝶打在網中，那大蝴蝶必定來救他。好奇怪也！那大蝴蝶兩次三番只在花叢上飛，不救那小蝴蝶，揚長飛去了。聖人道：「惻隱之心，人皆有之。」你不救，等我救。（做放科）（張千云）喏，午時了也。（包待制做醒科，詩云）草蟲之蝴蝶，一命在參差⓫。撒然⓬夢驚覺，張千報午時。張千，有甚麼應審的罪囚，將來我問。（張千云）兩房吏典，有甚麼合審的罪囚，押上勘問。（內應科）（張千云）喏，中牟縣⓭解到一起犯人，弟兄三人，打死平人⓮葛彪。（包待制云）小縣百姓，怎敢打死平人？解到也未？（張千云）解到了也。（包待制云）與我一步一棍打上廳來。（解子押王大兄弟上，正旦隨上，唱）

【南呂一枝花】解到這無人情御史臺，原來是有官法開封府。把三個未發跡小秀士，生扭做吃勘問死囚徒。空教我意下躊躇，把不定⓯心驚懼，赤緊的⓰賊兒膽底虛。教我

所可及者。」

⓫參差：頃刻之間。
⓬撒然：驚醒的樣子。
⓭中牟縣：漢朝開始設置，宋朝時歸開封府管轄。今為河南省會鄭州市的下轄縣。
⓮平人：無辜的人。
⓯把不定：控制不住。
⓰赤緊的：無奈。

把罪犯私下招承，不比那小去處官司孔目⑰。

【梁州第七】這開封府王條清正，不比那中牟縣官吏糊塗。撲咚咚階下升衙鼓，諕的我手忙腳亂，使不得膽大心粗；驚的我魂飛魄喪，走的我力盡筋舒。這公事不比尋俗，就中間擔負公徒⑱。嗨、嗨、嗨，一壁廂老夫主在地停屍；更、更、更，赤緊地子母每⑲坐牢係獄；呀、呀、呀，眼見的弟兄每受刃遭誅。早是怕怖，我向這屏牆邊側耳偷睛覷：誰曾見這官府？則今日當廳定禍福，誰實誰虛？

（正旦同眾見官跪科，張千云）犯人當面。（包待制云）張千，開了行枷，與那解子批回去。（做開枷科）（王三云）母親、哥哥，咱家去來。（包待制云）那裏去？這裏比你那中牟縣那！張千，這三個小廝是打死人的，那婆子是甚麼人？必定是證見人。若不是呵⑳，敢與這小廝關親？兀那婆子，這兩個是你甚麼人？（正旦云）這兩個是大孩兒。（包待制云）這個小的呢？（正旦云）是我第三的孩兒。

⑰孔目：官府衙門裡的高級吏員。
⑱公徒：刑罰。
⑲每：們。
⑳呵：相當於「啊」。

（包待制云）噤聲！你可甚治家有法？想當日孟母教子，居必擇鄰；陶母教子，剪髮待賓[21]；陳母教子，衣紫腰銀[22]。你個村婦教子，打死平人。你好好的從實招了者！（正旦唱）

【賀新郎】孩兒每萬千死罪犯公徒。那廝每情理難容，俺孩兒殺人可恕。俺窮滴滴寒賤為黎庶，告爺爺與孩兒每做主。這三個自小來便學文書，他則會依經典習禮義，那裏會定計策廝[23]虧圖[24]？百般的拷打難分訴。豈不聞三人誤大事，六耳不通謀[25]？

（包待制云）不打不招。張千，與我加力打者！（正旦悲科，唱）

【隔尾】俺孩兒犯著徒流絞斬蕭何律，枉讀了恭儉溫良孔聖書。拷打的渾身上怎生覷？打的來傷筋動骨，更疼似懸頭刺股。他每爺飯娘羹，何曾受這般苦？

（包待制云）三個人必有一個爲首的。是誰先打死人來？（王大云）也不干母親事，也不干兩個兄弟事，是小的打死人來。（王二云）爺爺，也不干母親事，也不

[21] 陶母教子，剪髮待賓：晉朝陶侃孤貧。擔任縣吏時，鄱陽孝廉范逵來訪，陶母剪髮變賣，置酒肴招待賓客。

[22] 陳母教子，衣紫腰銀：宋朝陳堯叟、堯佐、堯咨三兄弟，堯叟、堯咨先後考中狀元，堯佐與堯叟同榜登科。

[23] 廝：互相。

[24] 虧圖：圖謀害人。

[25] 三人誤大事，六耳不通謀：人多容易誤事洩密。

干哥哥、兄弟事，是小的打死人來。（王三云）爺爺，也不干母親事，也不干兩個哥哥事，是他肚兒疼死的，也不干我事。（正旦云）並不干三個孩兒事。當時是皇親葛彪先打死妾身夫主，妾身疼忍不過，一時乘忿爭鬥，將他打死。委的是妾身來。（包待制云）胡說！你也招承，我也招承，想是串定的。必須要一人抵命。張千，與我著實打者！（正旦唱）

【鬥蝦蟆】靜巉巉無人救，眼睜睜活受苦。孩兒每索[26]與他招伏[27]。相公跟前拜復：那廝將人欺侮，打死咱家丈夫。如今監收媳婦，公人如狼似虎，相公又生嗔發怒。休說麻槌腦箍，六問三推[28]不住；勘問有甚數目[29]，打的渾身血污。大哥聲冤叫屈，官府不由分訴；二哥活受地獄，疼痛如何擔負；三哥打的更毒，老身牽腸割肚。這壁廂那壁廂，猶猶豫豫，眼眼廝覷；來來去去，啼啼哭哭。則被你打殺[30]人也待制龍圖！可不道兒孫自有兒孫福。難吞吐，沒氣路，短歎長吁；愁腸似火，雨

[26] 索：須；應；得。
[27] 招伏：招認。
[28] 六問三推：反覆審訊。
[29] 數目：事實。
[30] 打殺：打死。

淚如珠。

（包待制云）我試看這來文咱。（做看科，云）中牟縣官好生糊塗！如何這文書上寫著「王大、王二、王三打死平人葛彪」？這縣裏就無個排房吏典？這三個小廝必有名諱；便不呵，也有個小名兒。兀那婆子，你大小廝叫做甚麼？（正旦云）叫做金和。（包待制云）第二的小廝叫做甚麼？（正旦云）叫做鐵和。（包待制云）這第三個呢？（正旦云）叫做石和。（王三云）尚。（包待制云）甚麼尚？（王三云）石和尚。（包待制云）嗨，可知打死人哩！庶民人家，取這等剛硬名字。敢是金和打死人來？（正旦唱）

【牧羊關】這個是金呵有甚麼難鎔鑄？（包待制云）敢是石和打死人來？（正旦唱）這個是石呵怎做的虛㉛？（包待制云）敢是鐵和打死人來？（正旦唱）這個便是鐵呵怎當那官法如鑪㉜？（包待制云）打這賴肉頑皮。（正旦唱）非干是孩兒每賴肉頑皮，委的銜冤負屈。（包待制云）張千，便好道「殺人的償命，欠債的還錢」。把那大的

㉛這個是石呵怎做的虛：「石」和「實」諧音。

㉜官法如鑪：「人心似鐵，官法如爐」，元明熟語，意謂人心雖硬如鐵，在爐火似的酷刑下也會熔化。「鑪」同「爐」。

小廝，拿出去與他償命。（正旦唱）眼睜睜難搭救，簇擁著下階除。教我兩下裏難顧瞻，百般的沒是處。

（云）包待制爺爺好葫蘆提[33]也！（包待制云）我著那大的兒子償命，兀那婆子說甚麼？（張千云）那婆子手扳定枷梢，說包待制爺爺葫蘆提。（包待制云）那婆子他道我葫蘆提？與我拿過來！（正旦跪料）（包待制云）著你大兒子償命，你怎生說我葫蘆提？（正旦云）老婆子怎敢說大人葫蘆提，則是我孩兒孝順，不爭[34]殺壞[35]了他，教誰人養活老身？（包待制云）既是他母親說大小廝孝順，又多鄰家保舉，這是老夫差了。留著大的養活他。張千，著第二的償命。（正旦唱）

【隔尾】一壁廂大哥行牽掛著娘腸肚，一壁廂二哥行關連著痛肺腑。要償命留下孩兒，寧可將婆子去。似這般狠毒，又無處告訴，手扳定枷梢叫聲兒屈。

（云）包待制爺爺好葫蘆提也！（包待制云）又做甚麼大驚小怪的？（張千云）那婆子又說老爺葫蘆提。（包待制云）與我拿過來！（正旦跪科）（包待制云）兀那

[33] 葫蘆提：糊裡糊塗。
[34] 不爭：如果。
[35] 殺壞：殺死。

婆子，將你第二的小廝償命，怎生又說我葫蘆提？（正旦云）怎敢說爺爺葫蘆提，則是第二的小廝會營運生理，不爭著他償命，誰養活老婆子？（包待制云）著大的償命，你說他孝順；著第二的償命，你說他會營運生理。卻著誰去償命？（王三自帶枷科）（包待制云）兀那廝做甚麼？（王三云）大哥又不償命，二哥又不償命，眼見的是我了，不如早做個人情。（包待制云）也罷。張千，拿那小的出去償命。（做推轉科）（包待制云）兀那婆子，這第三的小廝償命，可中麼？（正旦云）是了。可不道「三人同行小的苦」。他償命的是。（包待制云）我不葫蘆提麼？（正旦云）爺爺不葫蘆提。（包待制云）噤聲！張千，拿回來。爭些㊱著婆子瞞過老夫。眼前放著個前房後繼，這兩個小廝，必是你親生的；這一個小廝，必是你乞養來的螟蛉㊲之子，不著疼熱㊳，所以著他償命。兀那婆子，說的是呵，我自有個主意；說的不是呵，我不道㊴饒了你哩！（正旦云）三個都是我的孩兒，著我說些甚麼？（包待制云）你若不實說，張千，與我打著者！（正旦云）大哥、二哥、

㊱爭些：險些；差點。
㊲螟蛉：養子。
㊳不著疼熱：無關痛癢。
㊴不道：不會。

三哥，我說則說，你則休生分[40]了。（包待制云）這大小廝是你的親兒麼？（正旦唱）

【牧羊關】這孩兒雖不曾親生養，卻須是咱乳哺。（包待制云）這第二的呢？（正旦唱）這一個偌大小，是老婆子 擡舉[41]。（包待制云）兀那小的呢？（正旦打悲科，唱）這一個是我的親兒，這兩個我是他的繼母。（包待制云）兀那婆子，近前來。你差了也，前家兒著一個償命，留著你親生孩兒養活你，可不好那！（正旦云）爺爺差了也！（唱）不爭著前家兒償了命，顯得後堯婆[42]忒心毒。我若學嫉 的桑新婦[43]，不羞見那賢達的魯義姑[44]！

（包待制云）兀那婆子，你還著他三人心服，果是誰打死人來？（正旦唱）

---

[40] 生分：感情疏遠。

[41] 擡舉：養育。

[42] 後堯婆：惡毒的後母。

[43] 桑新婦：莊子試妻傳說中搧墳的婦人。

[44] 魯義姑：春秋時魯國賢婦，攜兒子與姪子逃難，為保兒姪，棄養獨子。

【紅芍藥】渾身是口怎支吾[45]？恰似個沒嘴的葫蘆[46]。打的來皮開肉綻損肌膚，鮮血模糊，恰渾似活地獄，三個兒都教死去。你都官官相為倚親屬，更做道[47]國戚皇族。

（做打悲科，唱）

【菩薩梁州】大哥罪犯遭誅，二哥死生別路，三哥身歸地府，乾[48]閃[49]下我這老業身軀。大哥孝順識親疏，二哥留下著當門戶，第三個哥哥休言語，你償命正合去。常言道三人同行小的苦，再不須大叫高呼。

（包待制云）聽了這婆子所言，方信道「良賈深藏若虛，君子盛德，容貌若愚。」這件事，老夫見為母者大賢，為子者至孝。為母者與陶孟同列，為子者與曾閔無二。適間老夫晝寐，夢見一個蝴蝶墜在蛛網中，一個大蝴蝶來救出，次者亦然。後來一小蝴蝶亦墜網中，大蝴蝶雖見不救，飛騰而去。老夫心存惻隱，救這小蝴蝶出離羅網。天使老夫預知先兆之事，救這小的之命。（詞云）恰纔我依條犯法分

---

[45] 渾身是口怎支吾：就算全身都是能言善道的嘴，也不知道怎麼應對。
[46] 沒嘴的葫蘆：形容啞口無言。
[47] 更做道：再加上。
[48] 乾：平白地。
[49] 閃：拋棄。

輕重，不想這分外卻有別詞訟。殺死平人怎干休？莫言罪律難輕縱。先教長男赴雲陽[50]，爲言孝順能供奉。後教次子去餐刀，又言營運充日用。我著那最小的幼男去當刑，他便歡喜緊將兒發送。只把前家兒子苦哀矜，倒是自己親兒不悲痛。似此三從四德可褒封，貞烈賢達宜請俸。忽然省起這事來，天使游魂預驚動。三個草蟲傷蛛絲，何異子母官司向誰控。三番繼母棄親兒，正應著午時一枕蝴蝶夢。張千，把一干人都下在死囚牢中去！（正旦慌向前扯科，唱）

【水仙子】則見他前推後擁廝揪捽[51]，我與你扳住枷梢高叫屈。眼睜睜有去路無回路，好教我百般的沒是處[52]。這堝兒[53]便死待何如？好和弱隨將去，死共活攔當住，我只得緊揝住衣服。

（張千推旦科，押三人下）（正旦唱）

[50] 雲陽：指行刑之地。
[51] 揪捽：扭抓。
[52] 沒是處：沒辦法。
[53] 這堝兒：這裡。

【黃鍾尾】包龍圖往常斷事曾著數[54]，今日為官忒慕古[55]。枉教你坐黃堂[56]，帶虎符，受榮華，請俸祿。俺孩兒，好冤屈，不睹事[57]，下牢獄。割捨[58]了，待潑做[59]：告都堂[60]，訴省部[61]；撅皇城，打怨鼓；見鑾輿，便唐突。呆老婆，唱今古，又無人，肯做主；則不如，覓死處，眼不見鰥寡孤獨；也強如沒歸著痛煞煞哭啼啼活受苦！（下）

（包待制云）張千，你近前來，可是恁的。（張千云）可是中也不中？（包待制云）賊禽獸，我的言語，可是中也不中！（詩云）我扶立當今聖明主，欲播清風千萬古。這些公事斷不開，怎坐南衙開封府。（同下）

[54] 著數：準確。
[55] 慕古：不合時宜，不能通權達變。
[56] 黃堂：古代太守衙中的正廳。
[57] 不睹事：糊裡糊塗。
[58] 割捨：豁出去。
[59] 潑作：蠻幹。
[60] 都堂：唐、宋、金稱尚書省總辦公處。
[61] 省部：指中央政府。

導讀

關漢卿，號已齋叟，元大都（今北京）人。生卒年不詳，大約生於金末或元太宗時（一二三〇前後），元成宗大德（一二九七—一三〇七）初年仍在世。曾為太醫院尹。為人風流倜儻，滑稽多智，與當時曲家王和卿、楊顯之、梁退之、費君祥等交好，元滅宋（一二七九）後曾南遊杭州、揚州等地。關漢卿一生致力雜劇寫作，《錄鬼簿》列於「前輩已死名公才人」之首。著有雜劇六十餘種，今存十八種。

關漢卿作品的評價，明朱權《太和正音譜》說：「關漢卿之詞如瓊筵醉客。」對其作品的評論是：「觀其詞語，乃可上可下之才。蓋所以取者，初為雜劇之始，故卓以前列。」王國維《宋元戲曲史》則說：「關漢卿一空倚傍，自鑄偉詞，而其言曲盡人情，字字本色，當為元人第一。」

〈包待制三勘蝴蝶夢〉是旦本，由正旦主唱。全劇四折一楔子，正旦皆扮演母親。楔子介紹王氏家境貧寒，三個兒子卻不肯做農莊生活，只是讀書寫字，父母欣慰之餘，也對於無一個長久立身之計，有些隱憂。

第一折寫王父至街市替三個孩兒買紙筆，卻無故被葛彪打死。王氏兄弟要拿葛彪到官府，卻在鬥毆中將葛彪打死，反而成為殺人犯。

第二折寫包公審案的過程，也是劇情轉折的部分。本折一開始包公升堂後，先審了偷馬賊趙頑驢，然後伏案歇息，夢見蝴蝶被蜘蛛網困住。這就是本劇題目正名中「包待制三勘蝴蝶夢」的由來。這一折寫王母袒護長子、次子，一心要由三子償命，包公察覺事有蹊蹺，而問出王母為保前家兒寧願犧牲親生子。包公深受感動，想起午前蝴蝶之夢，而決定有所謀劃。

第三折寫王母入死囚牢探視三兄弟，獄卒先是向她索賄，但發現她是真正的可憐人後，就不收賄賂而放她入監探視。王母用叫化來的殘羹剩飯餵食長子、次子，而冷落三子。獄卒傳令放免長子、次子，由三子償命。王母傷心欲絕，卻仍然堅持自己的選擇。第四折寫王母與長子、次子天未明即至荒郊為王三收屍，悲慟不已。然後才發現屍體並非王三，而是趙頑驢。此時包公現身，說明原委，下斷封賞。

本劇關目出自漢代劉向《列女傳》中〈齊義繼母〉的故事，但加入許多新的元素。這也是戲曲中常見的現象。

王母堅持犧牲親生子，是外在的道德教條，還是出自內心的情操，頗值得深思。

延伸閱讀

一、劉向：〈齊義繼母〉（《列女傳》卷五）。張敬註譯《列女傳今註今譯》。臺北：臺灣商務印書館，一九九六年四月。

二、評劇《包公三勘蝴蝶夢》：

1. https://www.youtube.com/watch?v=sY9kJVkbNRk
2. https://www.youtube.com/watch?v=m8XDSfCTem0

問題與討論

一、〈包待制三勘蝴蝶夢〉和〈齊義繼母〉的故事，訴說的重點有何異同？

二、在元雜劇〈包待制三勘蝴蝶夢〉中，王母選擇犧牲親生子以保全前家兒的原因何在？當代評劇改編的《包公三勘蝴蝶夢》中，王母作此選擇的原因與元雜劇有何不同？

嚴立模老師撰

五、貧賤夫妻

鍾理和

課文

1

下了糖廠的五分車❶，眼睛往四下裡搜尋，卻看不見平妹的影子。我稍感到意外。也許她沒有接到我的信，我這樣想：否則她是不能不來的，她是我的妻，我知道她最清楚。也許她沒有趕上時間，我又這樣想：那麼我在路上可以看見她。

於是我提著包袱，慢慢向東南山下自己的家裡走去。已經幾年不走路了，一場病，使我元氣盡喪，這時走起路來有點吃力。

❶五分車：是臺糖早期載運甘蔗的小火車，因其車身及軌距都較一般火車看起來像小了一半而得名，俗稱「五分仔車」。在公路交通未發達前，五分車又兼有載客功能，後來停止了客運與貨運業務，目前保留部分做為觀光之用。

我離開家住到醫院裡，整三年了，除開第二年平妹來醫院探病見過一次，就再沒有見過，三年間無日不在想念和懷戀中捱過。我不知道這三年的日子他們在家裡怎樣度過，過得好？或不好？雖然長期的醫藥費差不多已把一份家產蕩光，但我總是往好裡想她，也許並不是想，而只是這樣希望著也說不定。我願他們過得非常之好，必須如此，我才放心。

固然我是這樣的愛她，但是除開愛，還有別種理由。

我和平妹的結合遭遇到家庭和舊社會的猛烈反對，我們幾經艱苦奮鬥，不惜和家庭決裂，方始結成今日的夫妻。我們的愛得來不易，惟其如此，我們甘苦與共，十數年來相愛無間。我們不要高官厚祿，不要良田千頃，但願一所竹籬茅舍，夫妻倆不受干擾靜靜地生活著，相親相愛，白頭偕老，如此盡足。

我們起初在外面，光復第二年又回到臺灣，至今十數年夫妻形影相隨，很少分開。想不到這次因病入院，一住三年。我可以想像在這期間平妹是多麼懷念和焦慮，就像我懷念和焦慮一樣。

一出村莊，一條康莊大道一直向東伸去，一過學校，落過小坡，有一條小路岔向東北。那是我回家的捷徑。我走落小坡，發現在那小路旁——那裡有一堆樹蔭，就在那樹蔭下有一個女人帶一個孩子向這邊頻頻抬頭張望。

那是平妹呢！

我走到那裡，平妹迎上來接過我手中的行李。

「平妹！」我壓抑不住我心中的激動。

平妹俯首。我看見她臉上有眼淚滾落，孩子緊緊地依在母親懷中，望著我，又望望母親。我離開時生下僅數個月的立兒，屈指算來已有四歲了。

我看著平妹和孩子，心中悲喜交集，感慨萬千。

平妹以袖揩淚；我讓她哭一會兒。三年間，她已消瘦許多了。

「平妹，」在她稍平靜下來時我開口問她：「妳沒有接到我的信嗎？」

平妹靜靜地抬起眼睛；眼淚已收住了，但猶閃著濕光。

「接到了。」她說。

「那你爲什麼不到車站接我呢？」

「我不去，」她囁嚅❷地說，又把頭低下：「車站裡人很多。」

「妳怕人呀？」

我又想起有一次我要到外面去旅行，期間二週，平妹送我上車站時竟哭了

❷囁嚅：欲言又止。音ㄋㄧㄝˋ ㄖㄨˊ。

起來，好像我要出遠洋，我們之間有好多年的分離，弄得我的心情十分陰沈。

「妳不要別人看見妳哭，是不是？」

平妹無言，把頭俯得更低了。

我默然良久，又問：

「我回來了，妳還傷心嗎？」

「我太高興了！」她抬首，攀著孩子的下巴：「爸爸呢，你怎麼不叫爸爸？在家裡你答應了要叫爸爸的！」

這時我們已漸漸的把激動的情緒平抑下來，她臉上已有幾分喜意了。

我又問平妹：

「妳在家裡過得好不好？」

平妹悽然一笑。「過得很好！」

我茫然看著，一份愧歉之情油然而生。

我拿起她的手反覆撫摸。這手很瘦，創傷密佈，新舊皆有；手掌有滿滿厚厚的繭兒。我越看越難過。

「妳好像過得很辛苦。」我說。

平妹抽回自己的手。「不算什麼，」她說，停停，又說：「只要你病好，我吃點苦，沒關係。」

2

家裡，裡裡外外，大小器具，都收拾得淨潔而明亮，一切井然有序，一種發自女人的審愼聰慧的心思的安詳、和平、溫柔的氣息支配著整個的家，使我一腳踏進來便發生一種親切、溫暖和舒適之感。這種感覺是當一個人久別回家後才會有的，它讓漂泊的靈魂靜下來。

然而在另一方面，我又發覺我們的處境是多麼困難、多麼惡劣，我看清楚我一場病實際蕩去多少財產，我幾乎剝奪了平妹和二個孩子的生存依據。這思想使我痛苦。

「也許我應該給你們留下財產，」晚上上床就寢時我這樣說：「有那些財產，妳和二個孩子日後的生活是不成問題的。」

「你這是什麼話，」平妹頗爲不樂：「我巴不得你病好出院回來，現在回來了，我就高興了。你快別說這樣的話，我聽了要生氣。」

我十分感動，我把她拉過來，她順勢伏在我的肩上。

「人家都說你不會好了，勸我不要賣地，不如留起來母子好過日子。可是我不相信你會死，」過了一會兒之後她又文靜的開口：「我們受了那麼多的苦難，上天會可憐我們。我要你活到長命百歲，看著我們的孩子長大成人，看著我在你跟前舒舒服服的死去；有福之人夫前死，我不願意自己死時你不在身邊，那會使我傷心。」

我們留下來的唯一產業，是屋東邊三分餘薄田，在這數年間，平妹已學會了莊稼人的全副本領：犁、耙，蒔，割❸，如果田事做完，她便給附近大户人家或林管局造林地做工。我回來那幾天，她正給寺❹裡開墾山地。她把家裡大小雜務料理清楚，然後拿了鐮刀上工，到了晌午或晚邊，再匆匆趕回來生火做飯。她兩邊來回忙著，雖然如此，她總是掛著微笑做完這一切。

有一天，她由寺裡回來，這時天已黑下來，她來不及坐下喘息，隨手端起飯鍋進廚房。我自後邊看著她這份忙碌，心中著實不忍，於是自問：爲什麼我不可以自己做飯？

翌日我就動手做，好在要做大小四口人吃的飯並不難，待平妹回來時我已

❸犁耙蒔割：指犁田、整地、移植、收穫等各種農耕事項。

❹寺：指朝元寺，位於美濃鍾理和故居附近，鍾理和病逝後靈骨即安厝於此。

把午膳預備好了。開始，平妹有些吃驚，繼之以擔心。

「不會累壞的，」我極力堆笑，我要讓她相信她的憂慮是多餘的：「我想幫點忙，省得妳來回趕。」

由是以後，慢慢的我也學會了一個家庭主婦的各種職務：做飯、洗碗筷、灑掃、餵豬、縫紉和照料孩子；除開洗衣服一項始終沒有學好。於是在不知不覺中我們完成了彼此地位和責任的調換；她主外，我主內，就像她原來是位好丈夫，我又是位好妻子。

假使平妹在做自己田裡的活兒，那麼上下午我便要沏壺熱茶送到田裡去，一來給她喝，也可讓她藉此休息。我想一個人在做活流汗之後一定喜歡喝熱茶的。

我看著她喝熱茶時那種愉快和幸福的表情，自己也不禁高興起來。雖然我不能不讓她男人似的做活，但仍然希望她有好看的笑顏給我看：只要她快樂，我也就快樂。

3

物質上的享受，我們沒有份兒，但靠著兩個心靈眞誠堅貞的結合，在某一個限度上說，我們的日子也過得相當快樂，相當美滿。我們的困難主要是經濟上的。我們那點田要維持一個四口之家是很難的，而平妹又不是時常有工可做，所以生活始終搖擺不定。

有天傍晚，我們在庭中閒坐。庭上邊的路上這時走過幾十個掮⑤木頭的人，裡面居然還有少數女人。他們就是報上時常提到的盜伐山林的人。他們清早潛入中央山脈的奧地⑥去砍取林管局的柚木，於午後日落時分掮出來賣與販子。我們靜靜地看著這些人走過。忽然平妹對我說她想明天跟他們一塊去掮木頭。

我不禁愕然。「妳？掮木頭？」

隨著掮木頭人渾身透濕，漲紅面孔，呼吸如牛喘的慘相在我面前浮起。我的心臟立刻像被刺上一針，覺得抽痛。那是可怕的事。

「平妹，」我用嚴明的口氣說，但我聽得出我在哀求：「我們不用那樣做，我們吃稀點就對付過去了。」

⑤掮：以肩膀扛物。音ㄑㄧㄢˊ。

⑥奧地：隱密幽深之處。

話雖如此，但我們的日子有多難，我自己明白。最可悲的是：我們似乎又沒有改善的機會；加之事情往往又不是「吃稀點」便可以熬過去的。柴米油鹽醬醋茶，對於他人是一種享受，但對於我們，每一件就是一種負擔，常人不會明白一個窮人之家對這些事有著怎樣的想法。我吃了這把年紀也是到了現在才明白，有許多在平常人看來極不相干的事，窮人便必須用全副精神去想，去對付。

到了孩子入學，教育費又是我們必須去想去對付的另一件事。此外，還有醫藥費等，雖然我已用不著每天吃藥了。壓力來自各方。

終於有一天，平妹掮木頭去了！

我默然目送平妹和那班人一道兒走上山路，有如目送心愛的人讓獄卒押上囚室一樣，心中悲痛萬分。我從來沒有像這時一樣的怨恨自己的軟弱無能。我清楚覺得到我們之間有一種不可抗拒的力量在殘酷無情地支配著我們的生活和行動，我們的意志已被砍去了手和腳。

日頭落山後不久，平妹很順利的掮著木頭由後門回來了。她的上衣沒有一塊乾燥，連下面的褲子也濕了大半截；滿頭滿臉冒著汗水，連頭髮也溼了；這頭髮蓬亂異常，有些被汗水膏❼在臉上，看上去，顯得兇狠剽悍。平妹看見我便咧開嘴巴，但那已不是笑，壓在肩上的木頭把它扭歪得不知像什麼。霎時我心中有股東西迫得我幾乎喊出來。但實際我只一言不發的把頭別開；我不忍看，也不敢問。

她把木頭掮進屋裡，依著壁斜放著。那是一支柚木，帶皮，三吋半厚，丈三尺長，市價可值二十幾元。平妹一出來，我就把門關上，至晚，不提一個字——我怕提起木頭兩個字。

「你不高興我掮木頭呢！」

平妹終於開口問我，我的緘默似乎使她難過。

「不是我喜歡掮木頭，」她向我解釋，但那聲音卻是悽愴的，「爲了生活，沒有辦法！」

事實上，我也不清楚自己此時的心境如何，那是相當複雜而矛盾的，這裡面似乎有恨，有悲哀，也有憂懼。恨的是自己爲人丈夫不但不能保有妻子，反要賴其贍養；悲哀的是妻子竟須去掮木頭；而木頭那端，我彷彿看到有一個深

❼膏：黏，此處作動詞用。

淵，我們正向那裡一步一步的接近，這又是我所懼怕的。

4

第二天，平妹又要去掮木頭。我給她捏了兩丸飯團，用麻竹葉包好，然後包在她洋巾裡讓她帶去，這就無須帶飯盒，吃完扔掉，省得身上多一份累贅；在這種場合，身子越輕快越好。

這天一到中午，我便頻頻向東面山坡看望，一來盼望平妹回來心切，其次也要看看有無異樣的人進出。那是很重要的，因爲這關係著掮木頭人的安危。

本地工作站，雖然經常派有數名林警駐紮，但如果上頭林管機關不來人，平日便不大出動，出動了也不甚認眞。這樣的日子大抵是安全的。但如果上頭來人，情形就兩樣了。爲了安全，掮木頭的人共同僱有專人每天打聽消息，一有不穩，立刻潛進山裡送信。他的神通廣大，時常林管機關還不曾動身，他就先知道了。可惜的是：他愛喝酒和賭博，一喝起來或一賭起來，就什麼都不管了，這是掮木頭的人所最不能放心的。

中午一過，忽有三四個白衣人物由南邊進來了。我伏在窗格上足足看了幾分鐘。糟了，林管機關的人呢！

由此發現以後，我走進走出，起坐不寧。我時常走到庭邊朝東面山上察看動靜。那裡有兩條路，在寺下邊分岔，一向東，一稍偏東北；向東那條須經過工作站門口，所以掮木頭的人都願意走另一條。如果風聲不好，二條路都不能走，他們便須翻山越嶺由別處遁走。果眞這樣，那就可憐了。但願不致如此。

我想起送信的人，我不知道這酒鬼做什麼去了，到現在還不見影子，眞眞該死！

太陽向西邊斜墜，時間漸漸接近黃昏。沒有動靜。也看不見送信人的身影。我的心加倍焦急，加倍不安。看看日頭半隱入西邊的山頭了，黃昏的翳影向著四周慢慢流動，並在一點點加深、加濃。又是生火做飯的時候了。

突然，庭外面的路上有粗重的腳步聲匆匆走過。我一看，正是那該死的酒鬼，走得很急，幾乎是跑。

「平妹去了，阿和？」他邊走邊向我這裡喊。

「去了。他們在那裡？」我問。

「枋寮❽。」

❽ 枋寮：客語，指木板搭蓋的工寮，與地名「枋寮」不同。枋，音ㄈㄤ。

「你——」

但酒鬼已走遠了。

我一邊做事，一邊關心東面山口。這是緊要關頭，是林警出動拿人，而掮木頭的人偷越防線的時候。如果不幸碰著，小則把辛苦掮出來的木頭扔掉，人可以倖免；大則人贓俱獲，那麼除開罰鍰，還要坐牢三月，賴以扶養的家族在這期間如何撐過，那只有天曉得了。

天，眼看要黑了，卻一點動靜都沒有，事情顯見得不比尋常了。掮木頭的人怎麼樣？林警是否出動了？送信人是否及時趕到？他為什麼這樣遲才趕來呢？這酒鬼！

天已完全黑下來，新月在天。我讓兩個孩子吃飽飯，吩咐老大領著弟弟去睡，便向東面山口匆匆跑去，雖然明知自己此去也不會有用處。

走到寺下邊彎入峽谷，落條河，再爬上坡，那裡沿河路下有一片田。走完田壟，驀然前邊揚起一片吶喊。有人大聲喝道：「別跑！別跑！」還有匯成一片的「哇呀——」像一大群牛在驚駭奔突。

我奮不顧身的向前跑去，剛跑幾步，迎面有一支人沿路奔來，肩上掮著木頭。我一閃，閃進樹蔭，只見五六個男人急急惶惶跑過，氣喘吁吁，兩個林警在後面緊緊追趕，相距不到三丈，「別跑！別跑！」林警怒吼。嘣！嘣！嘣！顯然男人們已把木頭扔掉了。

我走出樹蔭，又向裡面跑。沿路有數條木頭拋在地上。裡面一疊聲在喊：「那裡！那裡！」只見對面小河那向來空曠的田壟裡有無數人影分頭落荒逃走，後面三個人在追，有二個是便衣人物，前面的人的肩上已沒有木頭。

「站著，別跑，╳你媽的！」有聲音在叱喝，這是南方口音的國語。

另一股聲音發自身邊小河裡，小河就在四丈近遠的路下邊，在朦朧的月光下竄出二條人影，接著又是一條，又再一條。第三條，我看出是女人，和後面的林警相距不到二丈。小河亂石高低不平，四條人影在那上面跌跌撞撞，起落跳躍。俄而女人身子一踉蹌，跌倒了，就在這一剎那，後面的人影一縱身向那裡猛撲。

哎呀！

我不禁失聲驚叫，同時感到眼前一片漆黑，險些兒栽倒。

待我定神過來時，周遭已靜悄悄地寂然無聲了，銀輝色的月光領有了一切。方才那掙扎，追逐和騷動彷彿是一場噩夢。但那並不是夢，我腳邊就有被扔掉的木頭，狼藉一地。我帶著激烈的痛苦想起：平妹被捉去了！

5

我感到自己非常無力，我拖著兩條發軟的腿和一顆抽痛的心向回家的路上一步一步走去。在小河上，我碰見兩個林警和三個便衣人物，他們都用奇異和猜疑的表情向我注視。

不知走了多少時間，終於走到自己的家，當我看見自窗口漏出的昏黃燈光時我感到無比的孤獨和淒涼。但當我一腳踏進門時我又覺得我在做夢了，以致一時呆在門邊。呵，平妹竟好好地坐在凳子上！她沒有被林警捉去，我心愛的妻！

「平妹！平妹！」

我趨前捉起她的手熱情地呼喚，又拿到嘴上來吻，鼻上來聞，我感覺有塊灼熱的東西在胸口燃燒。

「你到哪裡去啦？」平妹開口問我。

但我聽不見她的話，只顧說我自己的：「我看見妳被林警捉去。」

「我？」平妹仰著臉看我。「沒有，」她緩緩地說：「我走在後邊；我看見前邊林警追人，就藏進樹林裡。不過我翻山時走滑了腳，跌了一跤，現在左邊的飯匙骨[9]跟紋骨[10]有些作痛，待一會兒你用薑給我擦擦。」

我聽說，再看她的臉，這才發現她左邊顴骨有一塊擦傷，渾身，特別是左肩有很多泥土，頭髮有草屑。

我拿了塊薑剖開，放進熱灰裡煨得燙熱，又倒了半碗酒，讓平妹躺在床上。解開衣服一看。使我大吃一驚：左邊上至肩膀，下至腿骨，密密地佈滿輕重大小的擦破傷和瘀血傷。胯骨處有手掌大一塊瘀血，肩胛則擦掉一塊皮，血跡猶新。我看出這些都是新傷。擦傷，我給她敷上盤尼西林，瘀血的地方，我用熱薑片醮[11]上酒給來回擦搓；擦胯骨時平妹時時低低地呻吟起來。

「平妹，妳告訴我，」我問：「妳是剛才在小河裡跌倒的，是不是？」

平妹不語。經我再三追問，她才承認確是在小河跌倒。

「那妳爲什麼要瞞住我？」我不滿地說：「妳的傷勢跌得可並不輕。」

「我怕你又要難過。」她說。

剛才那驚險緊張的一幕又重新浮上我的腦際，於是一直被我抑止著的熱淚

---

[9] 飯匙骨：肩胛骨，以其形似飯匙而得名。

[10] 紋骨：坐骨。

[11] 醮：以物沾液體，接觸一下，沾上一些東西。醮，音ㄓㄢˋ。

涔涔然滴落。

我一邊擦著，一邊想起我們由戀愛至「結婚」而迄現在，十數年來坎坷不平的生活，那是兩個靈魂的艱苦奮鬥史，如今一個倒下了，一個在做孤軍奮鬥，此去困難重重，平妹一個女人如何支持下去？可憐的平妹！

我越想越傷心，眼淚也就不絕地滾落。

平妹猛的坐起來，溫柔地說：「你怎麼啦？」

我把她抱在懷中，讓熱淚淋濕她的頭髮。

「你不要難過，」平妹用手撫摸我的頭，一邊更溫柔地說：「我吃點苦，沒關係，只要你病好，一切就都會好起來。」

兩個孩子就在我們身邊無知地睡著，鼻息均勻、寧靜。

第二天，無論如何我不讓她再去掮木頭，我和她說我們可以另想辦法。

後來我在鎮裡找到一份適當的差事——給一家電影院每日寫廣告，工作輕鬆，而且只二小時即可做完，餘下的時間仍無妨療養，雖然報酬微薄，只要我們省吃儉用，已足補貼家計之不足，平妹已無需出外做工了。

雖然如此，我只解決了責任和問題的一半，還有一半須待解決，那就是——我的病。我必須早日把它克服，才對得起平妹，我的妻！

導讀

鍾理和（一九一五～一九六〇），生於屏東高樹，十八歲時隨父親遷居高雄美濃經營農場，在此邂逅農場女工鍾臺妹，兩人相戀，不被家庭與社會容許的同姓之婚使他帶著臺妹遠走中國東北，在原鄉生活了八年。戰後回臺灣任教中學，不久因肺疾辭職，北上松山療養所治療三年多，並開刀鑿去七根肋骨才保住性命。這是一個以生命見證文學，卻孤獨的埋沒草萊的作家。

一九五〇年代的臺灣文壇盛行反共文學，由張道藩所主導的「中國文藝協會」以「完成反共抗俄復國建國任務」為宗旨，政治權力合法介入文藝活動，幾乎所有的報刊雜誌都響應此種戰鬥文藝。但是臺灣本地作家因為經歷日本殖民，難以流利使用中文，而且也對反共題材陌生，所以被排除在文學主流之外。此時也是白恐怖時期，呂赫若死於鹿窟事件，楊逵因發表「和平宣言」遭判刑十二年，朱點人被槍決，葉石濤因參加讀書會而被監禁。在本地作家一片沉寂時，鍾理和出現了。他一生完成了一部長篇小說，三篇中篇，五十篇左右的短篇小說，合計約五十三萬字。一九五〇年肺疾手術出院後，到一九六〇年病逝的十年間，是他創作的重要時期。他以美濃的風土人情為題材，記錄了個人與族群的歷史記憶，接續了日治時期以來的寫實主義傳統。

〈貧賤夫妻〉一九五九年十一月發表於《聯合報》副刊，內容描述主角因肺病到臺北開刀，耗盡了家產，在長達三年的療養後，返回美濃又無力工作賺錢，貧窮無以維生時，端賴妻子平妹辛苦養家，自己則料理家務，夫妻角色互換，處境艱辛，但相知相惜之情卻更見深厚。鍾理和小說的自傳性質很濃厚，男女主角也就是鍾理和夫婦的投射，小說中坦誠傾訴患難夫妻相互扶持的真情，語言樸實簡潔，而綿綿的情致則處處撼動人心。

本篇以第一人稱自知觀點寫成，情節的起伏都藉著主角「我」的內心思維表現出來。主角流動不已的心理反應，在在牽引著讀者，讓我們體會到面臨人生風浪時，這對夫妻如何維護對彼此的深情摯愛。最獨特的是，女主角平妹集母親、妻子、家長於一身，她和傳統女性的角色不同，徹底顛覆了男性陽剛、女性陰柔的形象，她負責出外工作、養家餬口，是全家人的支柱。丈夫「我」在平妹角色的觀照下，成為一個在家煮飯的男人，他不哀嘆，並且對平妹完全仰賴，充滿著感激，完全化解了傳統對性別的刻板印象。

鍾理和將自己的觀點、感受都真誠的披露在小說裡，寫作對他而言就是真理的傳達，所以他在小說內容及形式上都力求一種純度，將人性做最飽滿的表現，雖然小說的角色不算變化繁多，場景也不壯闊，題材寫來寫去總是身邊的事物，但他卻有能力將其淬取成最精煉、最自然的文字。他寫作的根源是對生命與愛情的崇敬，這兩者於他至為寶貴，卻都受到嚴重威脅，肺結核使他辛苦求生，最後也因此喪命；同姓之婚讓他背叛親人又落得生活淒苦，正因為生命與愛情都得來不易，所以他以文學令其不朽。〈貧賤夫妻〉就是他個人完整的情感呈現，讀者可以瞭解他這一階段的生命內涵。他的作品和他的人是結合在一起的，文風與人格相互輝映，終於成就了這樣感人至深的作品。

延伸閱讀

一、向陽主編：《二十世紀臺灣文學金典・小說卷》。臺北：聯合文學出版社有限公司，二〇〇六年五月。

二、余昭玟、林秀蓉合編：《現代小說選讀》。臺北：五南圖書出版股份有限公司，二〇一六年九月。

三、陳芳明：《臺灣新文學史．第十二章》。臺北：聯經出版事業股份有限公司，二〇一八年十二月。
四、鍾理和：《笠山農場》。臺北：草根出版社，一九九六年九月。
五、鍾理和：《鍾理和：日記書簡》。高雄：春暉出版社，二〇〇九年六月。

問題與討論

一、本篇小說中的平妹肩負養家責任，算是一位女強人，五〇年代平妹的形象，和八〇年代廖輝英、朱秀娟、蕭颯等小說家筆下的女強人有何不同？

二、鍾理和在日治時期受教育，同時代的作家只能以日文從事創作，他卻自習中文，不曾使用日文寫作；五〇年代政府倡導反共的文藝政策時，鍾理和雖然貧病交加，亟需鬻文為生，卻不曾寫過此類作品，一生只書寫個人經驗及農民生活。不論小說、語言或題材，鍾理和都是反時代主流的，這樣的堅持顯現他怎樣的人格特質與創作精神？

三、元稹〈遣悲懷〉詩云：「貧賤夫妻百事哀」，本文以「貧賤夫妻」為題，文中道出的悲哀有哪些層次？

四、本篇小說中屢經挫折仍互相扶持的夫妻關係，正是所謂的「患難見真情」，與當代的愛情觀、婚姻觀相較，本文是否給您一些啓示？

余昭玟老師撰

六、出不來的遊戲

張經宏

課文

1

遊戲軟體公司的業務專員打電話來，告訴他們在一款歷史戰爭的電玩裡，有人認出他們的兒子。「他躲在裡面一段時間了，這件事電話很難講清楚，歡迎親自光臨敝公司，這邊有專人爲你們解釋。」

一開始兩夫妻以爲是詐騙集團打來的電話，對方一定知道他們的兒子失蹤了，想來騙點錢。自從兒子離開家後，他們用盡各種方法找他，半年來沒有任何消息。許多人都知道他們的兒子不見了。這段時間有陌生人打電話來，說在屏東一家網咖遇見一個流浪漢，長得跟網路上的照片很像，如果能先寄十萬塊過來，他可以幫忙送孩子回家。他們當然沒答應。

「既然又是個來騙錢的，」晚上睡覺前，丈夫說：「就沒什麼好怕了。」

第二天，兩夫妻按照地址，找到那家遊戲軟體公司。「是這樣的，」負責接待他們的是一位業務經理，看來沒比自己兒子大多少。「過去這幾個月，全世界不論哪一家公司開發出來的產品，都碰到跟我們一樣的問題。」

穿西裝打領帶的年輕人說，差不多三四個月前，世界各地的玩家陸續發現從遊戲螢幕上的山洞、雲端、海面等處冒出跟真人一模一樣的影像，一出現馬上衝鋒陷陣、遇到妖怪就砍一刀，撞上石頭便碰碰敲碎，敵人擋路飛過去立刻廝鬥一番，兩三下把對方剁成碎片，順便奪取寶物。這些不知從哪裡生出來的傢伙實在太猛了，一開始玩家們呆呆看著遊戲被這些莫名其妙的人占領，還覺得有些新鮮，他們試著加入戰局，很快發現根本不是他們的對手，派出去的人手、武器三兩下被殲滅。

「他們說，遊戲變得不好玩了。」年輕人說：「到後來各路網友只好串聯起來，發動最猛烈的攻擊，把這些不速之客殺個片甲不留。對了，他們把這些闖進來的稱作『蟑螂』。不過這樣做的結果是，整個遊戲馬上結束。還想再玩的話，就必須從頭開始。但很快又遇到跟先前一樣的困境：那些先前被炸死的蟑螂依舊完好如初。如果沒有發動毀滅式的攻擊，他們根本打不贏這些蟑螂。

「還好我們公司一接到顧客反映，很快研發出新版軟體，針對這些闖進來的蟑螂特性，把武器的設計跟攻擊面向都做了調整，只要下載後更新，玩家們立刻有新的法寶可用，到目前爲止，各方反應還不錯。這方面我們的技術與創意可以說獨步全球，許多公司解決不了的問題，我們已經搶先人家好幾步……」

「不好意思。」丈夫打斷年輕人的談話：「你知道，我們這種年紀的人是不碰那種東西的，所以，到底你想跟我們說什麼。」

「喔，是這樣的。後來陸續有玩家向我們反映，出現在裡面的蟑螂，有些是他們認識的朋友。這些被指認出來的共同特點是，他們大都因爲熱衷於遊戲而猝死。我們試著聯絡這些朋友的家屬，讓他們指認後，確定身分。到目前爲止，公司起碼累計了幾百個確定案例。」年輕人扶一下眼鏡：「也就是說，出現在遊戲裡面的蟑螂，其實是這些家屬的親人。至於他們爲什麼會出現，我們還在努力研究。」

「不可能。」妻子說：「我兒子只是失蹤而已，跟你說的那些人不一樣，不要亂講。」

「嗯，妳說的也有可能。」年輕人說：「這裡面有好幾個案例，跟那些已經死去的確實不太一樣。他們被敵人的武器鏢中時，會明顯露出痛苦的表情，身上還流血。其他的瞬間瓦解後就消失了，當然，如果重新開機的話，這兩種蟑……呃，又跟沒事一樣，繼續加入戰鬥遊戲。」

年輕人站起身，往隔壁間走去：「請兩位來的目的，就是想讓你們看看，到底出現在遊戲裡面的這一位是不是你們兒子。等確認後，我們再來談其他的。」

兩夫妻在他身後嘀咕：「會有這種事？」他們跟了過去。

隔壁工作室的門一打開，傳來跟電影院一樣的立體聲響，好像在播放戰爭片，碰碰碰的節奏聲很逼真、飽滿，震得兩鬢血管蹦蹦狂跳。牆上安置一面上百吋的大螢幕，畫面上一片黃沙泥地，許多道城牆後面躲著士兵，四周插上各種顏色軍旗，還有一些石塊堆疊出來的山丘上方，盤繞著身披鎧甲，背上生出銀色鐵翼的怪物。其中一隻怪物被一道飛來的火槍刺中，發出喔嗚的痛苦吼聲。

「是這個沒錯。」聽見那叫聲，丈夫回頭跟妻子說：「以前他的房間裡都是這種聲音。」

年輕人露出微笑：「他還算好找的，因爲他只固定出現在幾種遊戲裡，不至於到處亂跑。」坐在一張電腦桌旁邊移動滑鼠，把整片螢幕往下拉，畫面左右兩側下方各出現一個籠子，柵欄裡上百個人蹲坐地上，好像被人餵了藥，目光呆滯、神情恍惚。

「啊，小夫！」兩夫妻同時叫出聲。他們在左下方的籠子裡認出自己的兒子。妻子上前指住籠子裡一個身穿紅色T恤、藍色印花海灘褲，腳底一雙夾腳拖鞋的高瘦男生。「那天早上，我就是看他穿這樣跑出去的。」被指住的那人似乎不知道螢幕外的人正在看他，臉皮鬆垮，頭髮亂蓬蓬，像水族箱裡的魚緩慢無神地左右晃動。同一個籠子裡有兩個人緊緊抓住柵欄，不停朝籠外張望，只要聽見轟隆的爆炸聲兩腿就用力蹬一下，巴不得逃出去加入外面的戰鬥遊戲。

「不要小看他們。」年輕人說：「他們還是挺有腦筋的，有時候抓回來放在這邊，一不小心又被他們溜出去。這些都是我們公司的遊戲改版後，請玩家幫我們抓回來的。當然，每抓一個回來，玩家可以得到他們要的寶物或天幣，所以有些玩家專攻如何抓蟑螂，在網路上他們被稱為『蟑螂派』。」

「這個……」丈夫上前一步問：「他被抓來多久了？」

「稍等一下。」年輕人移動滑鼠到那男生的身上點了一下，出現一個資料框，上面有幾行數據。

「嗯，有三個多月了。他的戰鬥數值中等，攻擊力普通，行動慣性晝伏夜出，比較偏思考型，串聯力偏弱，不太跟其他戰友溝通，屬於獨來獨往型。還有，」年輕人翹起拇指放在唇邊：「根據我們觀察員的紀錄，他經常把拇指放進嘴巴裡吸。」

兩夫妻聽他這樣說，看了彼此一眼。「他一直到讀高中還有這習慣。」丈夫說。

「怎麼辦呢？」妻子說：「我兒子在你們這邊，有辦法放他出來嗎？」

聽她這樣說，年輕人瞪大眼睛，露出不可置信的表情：「這位太太，如果可以的話，我們當然會這樣做，不然我們不就犯了囚禁人身自由的罪了？再說，」指著右下角另一個籠子：「放在這邊的都是打網咖、玩遊戲猝死的，如果他們能出來，那麼閻羅王大概準備要失業了。」

「可是到目前爲止，我的孩子不過是失蹤罷了，不是嗎？」妻子說。

「嗯，根據我們的觀察，是這樣沒錯。不過把你們的兒子找出來，這是警察的責任。當然我們也希望他能趕快被找到，不然住在遊戲裡的這些朋友，不知道還會耍出什麼厲害的手段，到時候整個遊戲又被癱瘓，我們工程師又要抓狂了。」

「那，」丈夫點了兩下頭，似乎比較明白年輕人在說什麼。「所以，我們只能在電腦遊戲裡面見到他？」

「是這樣沒錯。你兒子的狀況算好的，到目前爲止，他只跑出去三次，而且他只喜歡出現在歷史戰爭的遊戲裡，織田信長、三國爭雄之類的。」

「都怪你，」聽見年輕人這麼說，妻子對丈夫抱怨：「從小就給他看什麼群雄爭霸的歷史，現在可好了。」

「看那個有什麼不好？我是想讓他早點認識人性，順便培養他的領導能力，長大後不要被人家踩在腳底下，我哪知道後來他只愛玩這個？」

「這位先生說的沒錯。」年輕人說：「我們公司的遊戲都有聘請各行業的專家當顧問，裡面的情節設計與角色安排都兼顧到教育內涵，也有家長跟我們反映，他們的孩子會知道誰是豐臣秀吉、曹操和劉備的故事，都是從遊戲開始的呢。而且，你們兒子跑進去的這款遊戲，去年有得到韓國遊戲設計的大獎，可見他的眼光不差——」

「都是你在講。」妻子打斷他的話：「那現在要怎麼辦？」

「喔，其實只是想通知兩位，你們小孩在這邊過得不錯，不用太擔心啦。」

聽見他這麼說，丈夫有些不悅。「怎麼聽起來像是綁匪在跟家屬講話？」

「呃，很抱歉，我並沒那個意思。事實上爲了要照顧這一批朋友，公司投入的研究經費，遠超過開發一項新的產品呢。」

「我懂了。」丈夫仔細看了年輕人一眼：「我們小孩現在在你們手裡，需要多少錢？你講。」

年輕人「噗哧」一聲，趕緊站起來欠身笑道：「您誤會啦。你們小孩在這邊不用錢的。這只是我們公司提供的服務之一，不單是照顧到客户的需要，也是爲了社會上某些家庭。公司有規定，只要有人通報這些朋友家裡的聯絡方式，我們馬上會接洽訪談。也許從家人的隻言片語中，可以更快找出他們的共通特質，到時候會有更進一步的發現也說不定。」

「到底是誰通報給你們，我們的小孩在遊戲裡面？」丈夫問。

「這不能透露，請你們見諒。公司也有規定，爲了避免證人受到不必要的干擾，除非有特殊狀況，我們不會說出對方的資料。不過，」年輕人從抽屜拿出兩本會員名冊：「這邊已經有上百個家庭加入我們的關懷追蹤計畫。必須先跟你們報告的是，這部分就需要付費了。不知道你們想不想繼續聽？」

「那應該花費不少吧？」妻子瞄了一眼桌上的名冊，紅色那本的封頁上寫著「美麗人生」，藍色那本印上「幸福天堂」。

「這兩本差在哪裡？」

「那些已經確定往生後才跑進來的，都收在這本裡面。」年輕人指著藍色的本子：「這些朋友需要的照顧，跟失蹤的朋友不太一樣。基本上我們提供給家屬的軟體，他們回去後只需依照畫面顯示的宗教類別按下滑鼠鍵，接下來會出現一些細目，看他們想幫孩子祈福還是誦經，或者跟孩子對話也可以，螢幕上會出現各種音樂和心情紀錄，家屬也可以透過打字跟孩子溝通，我們這邊會有專人根據談話的內容，模擬小孩的心情和語氣回應過去。每個月只收一些管理費，就能爲會員提供服務。如果有不錯的概念跟點子，反映給公司後，設計師這邊會盡速更新調整，幫大家提供更好的服務。」

年輕人從身後抽出一本資料夾，翻了幾頁：「讓我們很感動的是，過去這幾個月，已經收到這麼多封感謝函。他們很謝謝公司提供的服務，許多以前來不及跟小孩說的話，現在終於有機會說出來。」

「人都已經不在了，」丈夫沉下臉喃喃說道：「弄這些東西有什麼用。」

「看個人的感覺啦。」年輕人咧了一下嘴，兩頰肌肉有些僵硬：「所以我們完全尊重對方的意願，我們眞的只是提供家屬需要的服務而已。像這裡面有個父親提議，可不可以每次把心經打字一遍後上傳，累積到一定次數，就能把兒子送往比較高層次的境界，例如琉璃淨土還是華嚴世界，不要每次看到的背景都是打打殺殺的畫面。」

「有這種事？」丈夫鼻孔哼了一聲：「如果那個父親作弊，給你用重複貼文的方式，他兒子不就一個晚上爬到天頂見玉皇大帝了？」

「你說的沒錯，」年輕人拍了一下手：「當初聽到這項建議時，馬上就有同事提出跟你一樣的想法，所以在程式設計上有把這點考量進去。」

「你們這要多少錢呢？」妻子指著紅色那一冊：「我兒子應該屬於這邊的吧？」

「沒錯。這邊稍微貴了一些，不過在玩法上比較有趣、生動。」年輕人看著女人：「這很容易的，只要妳有心，想跟自己孩子相處多久都可以，如果覺得枯燥，我們隨時會更新版本讓妳選擇，不想再繼續下去的話，也可以隨時中止服務，很自由的。」

看來這個太太已經動心，年輕人點了兩下滑鼠，螢幕瞬間變出許多分格影像：「妳看，只要妳願意，他有這麼多地方可以去。這裡有倫敦、巴黎、東京……，學校有劍橋、哈佛，要讀本土的台大也可以，想讓妳孩子唸哪裡，還是讓他住豪宅，隨妳自己的意思。重要的是這邊全天候都有人管理，有什麼狀況妳隨時可以傳訊或打電話過來，馬上有專人爲客戶服務。」

「你覺得呢？」妻子碰了一下丈夫的手肘，兩人對看一眼，往門外走去。

「你讓我們商量一下。」

「沒關係。」年輕人站起身鞠躬：「謝謝你們給我服務的機會。」

2

有很長一段時間，兩夫妻下班就守在電腦螢幕前，仔細討論兒子的住處環境，今天跟昨天差在哪裡。上班時一想到，也會在電腦桌前偷看他在做什麼。自從買了軟體之後，他們請遊戲公司把孩子從籠子裡移出來，放置到一間有院子的兩層樓小屋裡。公司的專員告訴他們：「如果你們兒子不滿意，我們還有其他的住處選擇。」

他們感覺得出來，兒子在那邊過得還算不錯，兩個月下來，臉頰豐潤了一圈，他喜歡在樓上樓下不停走動，或坐在門前台階上發呆。只有幾次他想要衝出大門外，不過遊戲公司早已設計好一層無形的防護網，一跨出大門半步，馬上被防護網給擋了下來。他頂多可以繞著屋外的籬邊小路散步，像個文人安安靜靜地沉思走路，然後乖乖回到屋裡。他們怕他無聊，從網路商店點選一些書、房間裡掛上幾幅名畫，也挑了幾片CD精選讓他聽。直到他們也覺得這些曲子聽膩了，才又換其他音樂。最近他們想在兒子的住處四周植些花草，好讓屋子看起來有氣質一些，不過很快就被兒子踩扁。

「他一定覺得，現在的生活跟以前尋寶探險的日子比起來，一點都不刺激吧。」丈夫說。

「沒關係，有一天他會習慣的。」妻子挪了一下滑鼠，朝網路商店裡的花草區點了三四下，底下儲值的點數立刻減去一些數字，小屋窗邊長出三排嫩葉。

「下次再不乖，去找一排有刺的草來，看你還敢不敢亂踩。」丈夫對螢幕裡的兒子罵。兒子站在小屋樓上的窗邊，只露出半張臉，看不出他在裡面做什麼。

「你看你，把他嚇成這樣，好不容易才乖乖待在這裡，別又給你鬧失蹤了。」

丈夫看了一下舉手搔頭的兒子，還是無法看清楚他的表情。「他到底聽不聽得到我們說什麼啊？」

「那有什麼關係？」妻子說：「他乖乖待在那裡，不要亂跑就好。」

有時候兩夫妻看了半天，從螢幕底下拉出其他視窗，馬上出現以前兒子熟悉的遊戲場景，有的是日本古代戰爭場面，再敲一下滑鼠，又變成古堡城牆底下的騎士爭鬥，背景音樂跟著出現怪獸嘶吼的怒聲，間雜刺耳的電子音樂。通常兩夫妻看了一陣就切換回來，他們還是受不了那種昏天暗地不斷打鬥的世界，動不動就要把全世界毀滅，然後在囂囂的鬧聲裡狂按滑鼠發動攻擊，把自己當作是拯救世界的英雄。眞是太好笑了。

雖然只是過去那邊看個幾分鐘，偶而還是會冒出幾個眞人影像的年輕人，跟大砲、機關、刀槍交互穿插，手腳靈活地不斷逃過一波又一波的槍林彈雨，遲鈍一些的很快遭背後追上來的武器鏢到，倒在地上鮮血直冒。

「眞噁心。」妻子一看到這種畫面，趕緊摀住雙眼。

「這又不是眞的死亡。」丈夫把畫面切換出去：「等下次再來看，這幾個還不是在這邊跑來跑去？是他們自己愛跑進來玩的。」

「如果沒把這些人抓回籠子裡，那他們不就要被打死好幾次？」

「不是跟妳說了，」丈夫有些不耐煩：「如果這是眞的死亡，他們就不會在這裡了，這一切都是假的。」

「我只是覺得他們怪可憐的。」妻子一臉無辜：「就算抓回籠子裡，如果沒被家人領回去照顧，不就一輩子關在那邊？」

「不要再自尋煩惱了。每個人照顧自己的小孩就夠累了，哪裡有時間管那麼多。」

他們不時走來電腦前，探望一下兒子的動靜。有時候睡到一半，兩夫妻爬起來打開螢幕，發現兒子躺在屋前的長凳上打呼。「不曉得那邊有沒有賣棉被還是帳篷，」妻子把滑鼠移到網路商店的位置，點了一下，仔細尋找裡面的商品，高興地拍手：「太好了！連這個都有在賣，而且現在還特價，點數不用扣太多。」

幫兒子搭完帳篷、鋪好棉被，兩夫妻這才滿意地回自己房間。躺了快一個小時，兩人翻來覆去都沒睡著。「妳是不是又想過去看他一眼？」丈夫問。

「那是你吧。」

「我們這樣算不算迷上電腦遊戲？」

快要睡去的丈夫喃喃自問的同時，他又看見恍恍惚惚的自己走向隔壁電腦前面，看了一下螢幕上兒子的身影，然後按下右鍵拉出不同的視窗，也看看其他空間發生什麼事，同時逛了幾個部落格，瀏覽幾篇文章，至於內容寫些什麼，在他睡去的那一刻都忘記了。

第二天早上，兩夫妻向老闆請了半天假，他們的兒子又不見了。這是他住進這邊以來第三次失蹤，前兩次在他突破門外的隱形防護罩時，兩夫妻有聽見電腦發出的警訊聲，他們馬上透過網路跟遊戲公司聯絡，不到十分鐘，電腦傳來一陣高亢清亮的軍樂聲，然後出現一個戰士威風騎馬的圖像，底下寫著「勝利」兩個字，接著跳回到他們熟悉的螢幕畫面，兒子已經站在小屋的前院裡，不停踐踏剛種好的花草，顯然很憤怒自己怎會又回來這邊，不停癟扭嘴形，聽不見他在說什麼。

「小夫，你就乖一點吧，下次看還要什麼，我們再想辦法給你。」

「他那屋子起碼是一般人的兩倍大，前後又有院子，有什麼不滿意的？」丈夫說。

不過這一次他大概是趁兩夫妻熟睡時跑了出去。一早起來，他們立刻用網路發出求救訊息給遊戲公司，久久等不到回應，這才覺得事情沒有前兩次簡單。兩個小時後，遊戲公司的專員打電話來，說他們的兒子這次是有計畫逃走。

「根據我們的資料，過去這兩個禮拜，他和一個最近才闖進來的女人來往密切，是那女人帶他逃出去的。而且，」專員說：「就得到的消息研判，那女人厲害的程度遠超出我們的想像。」

「什麼意思？」丈夫問。

「到目前爲止，這女人是所有闖進來的不速之客中，唯一沒有被武器鏢中的，我們觀察她除了身手靈活外，許多男人還會自動衝上來幫她擋刀擋槍，像她這麼厲害的角色，還是第一次遇見。」

「她家人呢？」妻子問：「總有一天她也會被鏢中吧？他們不想領她回去，好好照顧？」

「剛剛才跟她家裡連繫過，家裡只剩三個小孩。女人是這三個孩子的母親。」

「什麼？」丈夫提高聲音：「你是說我兒子被一個婦人拐走？」

「這方面我們會很快查清楚，請不要擔心。程式設計部門正加緊研發新的捕捉工具，只要逮到那女人，你們兒子很快就回到家了。」

三天後，兒子終於回到自己的住處。不過身形臉色顯得憔悴，看來在外面吃了不少苦頭。他經常呆呆望著窗外，從網路商店送過去的食物飲料擺在門口，動都沒動過，比之前關在籠子裡的模樣還要失魂落魄。

他們傳訊給遊戲公司，希望能提供過去這三天的追蹤紀錄，好讓他們明白兒子離家出走的這段時間，到底發生什麼事。公司專員先是支吾一陣，後來擋不住妻子的咄咄逼問，才告訴他們兒子跑出去的這三天，和那來路不明的女人一起遊歷了幾個時代的戰場與妖魔統治的領空，也到過仙界探險，兩人上天下地玩得很開心，當然也遭遇過三千多次各種暗器的攻擊，「爲了保護那女人，你兒子表現得很勇敢，被打中五六次後，重新來過還是繼續守在她身邊。」

「什麼——」妻子的聲調一下子高了起來：「你是說，每個月我們付錢給你們當管理保護費，需要日常用品，還要另外到網路商店儲值，然後買許多產品照顧他，你們竟然讓他隨隨便便跑出去，還讓他被打死過五六次？」

「那又不是我們願意的。」專員小聲地說：「而且他不是又活過來了？」

「我不管。」妻子說：「我要你們給我一個交代。」

兩夫妻花了一個晚上閱讀當初簽下的契約書，找不出有哪一條可以要對方負責賠償。「眞是太便宜他們了。」丈夫生氣地說：「當初買他們的帳，就是希望能幫我們顧好小孩，沒想到後來就這樣敷衍了事，太可惡了。」

「不會只有我們遇到這樣的問題吧？」妻子說：「要不要聯絡其他家屬？給他們壓力，他們才會當作一回事，不敢亂來。」

當天晚上，他們透過螢幕底下的對話框丟出訊息，很快就有家長回應，他們很早以前就想組一個自救會，把各戶人家遇到的問題綜整起來，大家共同商討對策，彙整經驗後寫成備忘錄，以後碰到相同狀況的家庭就知道怎樣處理。

爲了怕遊戲公司從網路上探查到他們的意見後，會想出對策來敷衍應付，家屬們決定約出來碰面，就實際狀況來談比較有效果。順便認識彼此。聯誼會那天兩夫妻都出席了，一開始大家的笑容有些僵硬，打招呼時不太敢正視對方，有的像在講什麼不可告人的祕密，表情諱莫如深，椅子與椅子之間故意拉開一些，氣氛有些尷尬。

沒多久一個家長站出來跟大家分享心得，說他加入會員半年多，鄰居也知道他們的兒子住在電腦遊戲裡，幾乎每天都會過來和他聊孩子教養的事，有時回去還教訓他的小孩說，人家的兒子在那邊多乖啊。

「說來不怕各位笑，後來那個小朋友跟他爸媽吵架，居然跟他們抱怨，如果有一天我也跑進電腦裡面，你們會像李伯伯那樣細心照顧我嗎？」說到這裡，許多人呵呵笑出聲來。這一笑氣氛輕鬆許多，大家漸漸聊了開來，差不多每個家庭都有同樣的問題，只要有人把這陣子遭遇到的痛苦說出來，其他人就頻頻點頭，幾個婦人邊聽邊流淚。

聊到一半，會議廳的門打開，遊戲公司派了一個專員過來，站立在門邊咧出兩排牙齒，「對不起，打擾各位。」他懇請家屬給他一點時間。「我們真的有誠意幫大家解決問題，雖然做得還不夠好，」專員朝會議廳中間走去，向家屬深深一鞠躬，從公事包裡拿出預先準備好的紙板，把下午才剛拍板定案的優惠方案向大家宣布：每個家庭憑原來的儲值卡，只要輸入密碼，立刻增值一萬個點數，而且網路商店那邊又開發出上百種商品，「歡迎家長們繼續選用，相信孩子會過得更幸福，也歡迎各位寶貴的意見能提供給我們，公司會儘快爲大家解決問題。」

前排一個婦人馬上站起來：「上次不是跟你們講過，有一個到處誘拐別人小孩的女人？抓到沒有？」

「呃，謝謝這位女士的提醒。目前已經針對她開發出更厲害的捕捉器，馬上會交由各方玩家來執行，只要誰抓到她，就可以得到神祕寶物。請大家給我們一點時間。」

「那你們最好給她訂做一間超級堅固的牢房，把她監禁終生吧。」另一個媽媽舉手說：「你知道過去這一兩個禮拜，我多擔心嗎？難道你們要賠償我的精神損失？」

話一說完。許多夫妻立刻交頭接耳，看來不少人有這方面的困擾。

「嗯，剛剛那個建議不錯。」專員抹去額上的汗，繼續解釋：「不過到目前爲止，公司好像還沒討論怎麼處罰她的事，畢竟在電玩遊戲裡，把對方打死、勾引別人或夥同他人到處遊蕩應該不至於構成犯罪，就好像有人只是在腦子裡幻想自己幹了壞事，在法律上你也不能斷定這人有罪。」

「呵，你說那什麼話？如果你們公司連這事都搞不定，我們幹嘛還要付那麼多錢給你們？」一個男人拍桌罵道。

「說的沒錯。」底下一片附和之聲。

專員很快朝大廳各個角落點幾下頭，腰彎得更低了：「各位寶貴的意見，回去我會轉達給主管，相信很快會給大家一個滿意的答覆。」

那次聚會到晚上十點多才結束，許多家屬都意猶未盡，散會的時候有人提議能不能再找個時間，可以的話，乾脆成立一個社團，定期整合大家的意見，再來向公司反映，必要時也可以發布新聞給媒體，給公司製造壓力，避免大家的權益被他們各個擊破，甚至要他們提供更多的服務。

「眞是太好了。」回家的車上，妻子顯得很開心：「這種聚會老早就該辦了，怎麼之前都沒人想到？」

「剛剛忘了提出來，」丈夫說：「應該建議大家下次都帶筆記電腦過去，直接透過螢幕來比較每個小孩的生活條件差在哪裡，這樣要做改進比較快。」

「是啊。」妻子說：「還有那個誘拐人家兒子的女人，大家都恨得牙癢癢的，如果不儘早約束她，恐怕會出更大的亂子。」

「看來以後跑進去的女人只會愈來愈多，小夫也二十幾歲了，如果那邊也有不錯的女人，也許可以請遊戲公司幫他介紹一個。」

「這個想法不錯，省得他屋子裡待不住，又亂跑出去。不過請他們先做好身家背景調查，太難搞的就不要了。」

「那當然。」丈夫說。

兩夫妻一直聊到家門口。又想到許多不錯的點子，例如家屬之間可以商量、交換小孩居住的空間，這樣會更有變化。如果出國或工作忙時，不妨互相幫忙照顧。他們能幫兒子做的事還多著，雖然過了十二點，精神仍然不錯。

洗完澡上樓，電腦裡的兒子已經躺在沙發上睡去。他們怕吵醒他，輕輕關上房門，到樓下客廳看電視。新聞剛巧播出一則沉迷電玩的大學生，終日泡在網咖裡，後來性情大變，偷了家裡好幾次錢，被爸媽發現，竟然拿菜刀砍殺親人的事件。

「嘖，嘖。」丈夫搖搖頭，抬起遙控器轉到別台的同時，抬頭望了樓梯口一眼。

「還好我們小夫沒跟他一樣。」妻子說：「等一下上樓先記得儲值，看看網路商店有什麼新的產品，再幫他買個幾樣吧。」

本文獲二〇一〇年倪匡科幻獎首獎

導讀

張經宏，臺中人，臺大哲學系畢業，臺大中文所碩士，曾在高中教了十幾年書。開始認真創作，是因為被學校指派任教「文學鑑賞」、「現代文學」的課程，為了回應學生提問「怎麼寫作才會得獎」，而寫作示範參賽。幾年中獲得教育部文藝獎、聯合文學小說新人獎、時報文學獎、倪匡科幻獎等，並以《摩鐵路之城》獲得九歌兩百萬小說首獎。著有散文集《雲想衣裳》、《晚自習》，青少年小說《從天而降的小屋》，小說集《出不來的遊戲》、長篇小說《摩鐵路之城》、《好色男女》。

因為在高中教書的經驗，張經宏對於年輕人有長期的接觸與觀察。〈出不來的遊戲〉這篇獲得倪匡科幻小說首獎的得獎作品，處理的就是父母與子女之間的疏離。兒子躲藏在虛擬的網路世界，而父母也只能將子女豢養在網路遊戲當中。

在這篇小說中，不知道怎麼關心兒子的父母，與兒子之間有無法跨越的代溝。父母對於兒子的遊戲世界一無所知，如同父親所說：「我們這種年紀的人是不碰那種東西的。」但是兒子進入網路世界中，只喜歡出現在歷史戰爭的遊戲，卻是受到父親的影響。妻子因而抱怨丈夫從小就給兒子看群雄爭霸的歷史，丈夫辯解：「我是想讓他早點認識人性，順便培養他的領導能力，長大後不要被人家踩在腳底下，我哪知道後來他只愛玩這個？」又點出了子女不一定會按照父母的期待來成長。

遊戲公司針對這些困在網路遊戲中出不來的玩家父母，推出各種商品，有房屋、庭院、書籍、名畫、音樂、花草等，讓父母像玩遊戲一樣把子女養在網路世界中。父母不時打開電腦螢幕，探視孩子的動靜，看到兒子缺什麼，就到網路商店買給他。晚上睡前，也要打開電腦看孩子一眼。父親提出一個問題問自己：「我們這樣算不算迷上電腦遊戲？」這個提問似乎象徵了父母與子女間的諒解。但是這種諒解，是從父母一廂情願的角度出發。在小說中，兒子從頭到尾沒有任何聲音，也沒有發言權。兒子做的事情，是不斷從父母在遊戲中為他購買的舒適住所中逃走。當父親生氣的責罵螢幕裡的兒子，又不知道兒子在裡面到底聽不聽得到父母在說話時，妻子說：「那有什麼關係？他乖乖待在那裡，不要亂跑就好。」

父母要子女乖乖符合自己的期待，而子女卻只能無言的以逃避來反抗。母親認為兒子聽不聽得到自己說話沒有關係，顯示了親子間的不能溝通，是一道難解的課題。故事最後，母親關心兒子的方式，是提醒丈夫記得儲值，看有什麼新的產品，再幫兒子買幾樣。

延伸閱讀

一、張經宏：〈早餐〉，收在《出不來的遊戲》。臺北：九歌出版社，二〇一二年一月。

二、張經宏：〈蛋糕的滋味〉，收在《出不來的遊戲》。臺北：九歌出版社，二〇一二年一月。

問題與討論

一、如果你是故事裡的兒子，要用什麼方法和父母對話？

二、請比較張經宏的〈蛋糕的滋味〉、〈早餐〉、〈出不來的遊戲〉這三篇小說中描寫的親情。

嚴立模老師撰

單元三　友朋情愛

七、唐詩選

課文

一、贈衛八❶處士❷

杜甫

人生不相見，動如參與商❸。
今夕復何夕？共此燈燭光。
少壯能幾時？鬢髮各已蒼。

❶衛八：杜甫舊友，因排行第八，故稱。

❷處士：通稱隱逸不仕者。

❸參商：參指參宿，商指心宿中的商星。古代中國天文學為計算日、月、五大行星的運行，將天體劃分成東西南北四區，四區各有七個星宿，共計二十八星宿。東區七個星宿的第五個星宿為「心宿」，心宿有三顆恒星，其中最亮的星為「商星」，又稱「大火星」。西區七個星宿的第七個星宿為「參宿」，參宿有七顆恒星，其中三顆最亮的排成一線，於是以這三顆星為星宿名。參宿和商星所屬的心宿，在天空一出一沒，不會同時出現空中。用來比喻相見之困難。

訪舊半爲鬼，驚呼熱中腸。
焉知二十載，重上君子堂。
昔別君未婚，兒女忽成行。
怡然敬父執，問我來何方。
問答未及已，驅兒羅酒漿。
夜雨剪春韭，新炊間黃粱。
主稱會面難，一舉累十觴❹。
十觴亦不醉，感子故意長。
明日隔山岳，世事兩茫茫。

導讀

杜甫（七一二～七七〇）字子美，祖籍湖北襄陽，出生於河南，祖父為詩人杜審言。杜甫成長於詩書之家，自謂「讀書破萬卷」，生活在唐朝由盛轉衰的時期，流離漂泊，感時憂民，以敏銳之眼，運用多重詩體，見證了個人與時代遭逢的生活情境。其思想核心是儒家的仁政思想，有「致君堯舜上，再使風俗淳」的宏偉抱負，也有「安得廣廈千萬間，大庇天下寒士盡歡顏」的仁愛胸懷。

❹觴：酒杯、酒器。

詩歌內容多具寫實風格，對朝政腐敗、社會黑暗現象都給予揭露和批評。詩風則因其際遇而有豪邁奔放、沉鬱悲憤或清新恬適的不同表現，有「詩史」、「詩聖」美譽。與李白合稱「李杜」，又與王維、孟浩然合稱「李杜王孟」，是盛唐詩人的代表。

杜甫作此詩時正值安史之亂，局勢未定。亂離中偶遇少年時的知交，抒發人生聚散不定的變異感受，隱微透露美好人情差堪苦旅慰藉。字裡行間有故友相見相親的熱烈，也有家常敘舊的平實溫婉，百餘字寫活了久別重逢的情境，層疊有致。末段以暫聚忽別慨歎世事難以掌握，引發讀者珍視當下眼前的稀有感。

起始八句，是舊交久別重逢的驚喜，急於敘舊的熱切和聽聞故友陰陽兩隔的哀嘆，既喜又悲，跌宕起伏，情意飽滿；背後寓藏人浮於世、難能自主的現實感。

抒情過後，中段轉寫眼前人事物，只見老友兒女成群，環繞左右，悉皆識事，怡然待客；備辦家常韭菜與黃粱米飯，主客把酒言歡，一派靜謐；舉杯時有亂世偶得平安的從容滿足，反映出時代離亂人如漂萍所期待的簡單安頓。末四句再度醒覺明日別後山水阻絕，再會無期，點出愛別離乃生命常態，珍惜眼前與依戀之情讓人低迴不已。

全詩文字平易，情意真切，把離合人生全然寫盡。而隱伏其間的則是對世事難料的感慨，從首段的「人生不相見」、「今夕復何夕」，到中段的「主稱會面難」、「一舉累十觴」，一直到最後的「世事兩茫茫」，貫串全文的是蒼涼沉重亂世兒女無所安頓的內在情感。和承平時代故友相逢的歡樂氣氛自是不同。

二、節婦吟（寄東平李司空師道）

張籍

君知妾有夫，贈妾雙明珠。感君纏綿意，繫在紅羅襦。妾家高樓連苑❺起，良人執戟明光裏❻。知君用心如日月，事夫誓擬同生死。還君明珠雙淚垂，恨不相逢未嫁時。

導讀

張籍（七六八～八三〇），字文昌，烏江（今安徽省和縣東北）人。唐代中葉詩人。貞元十五年登進士第，歷任太常寺太祝、國子監助教、秘書郎。後經韓愈薦為國子博士，歷任水部員外郎、主客郎中，終國子司業。時稱「張水部」或「張司業」。許多人都讀過唐詩人朱慶餘的一首詩：「洞房昨夜停紅燭，待曉堂前拜舅姑。妝罷低聲問夫婿，畫眉深淺入時無。」這首詩的題目是「近試上張水部」，「張水部」就是指張籍。張籍因出身貧寒，官職低微，常接觸社會基層民眾，所作樂府詩多批判社會，同情百姓的遭遇，頗為白居易等人所推崇。與白居易，孟郊等所作的詩歌被稱為「元和體」。有《張司業集》傳世。

前引朱慶餘的〈近試上張水部〉表面上是在描述新嫁娘見翁姑的心情，後來也常被用在男女友見家長時的心情，但正如詩題所顯示，這實際上是考生見主考官的心情。〈節婦吟〉這首詩也是

❺連苑：苑指皇家或貴族休憩用的園林。連苑表示住處在豪貴區域，身家不凡。

❻良人執戟明光裏：良人指夫婿；明光指皇宮。夫婿在皇宮擔任衛戍工作，有相當社會地位。

如此，表面上是描寫男女情事，而實際上卻談的是政治來往。這首詩有個小標題：「寄東平李司空師道」，李師道是當時的藩鎮。安史亂後，藩鎮割據的局面愈發明顯。這些藩鎮軍閥一方面蓄養軍士，操練兵馬，同時也拉攏文人和政府官吏。當時，李師道派人攜帶重金拜訪張籍，但張籍不願被李師道收買，但也深知嚴詞拒絕會招來殺身之禍，於是寫下這首〈節婦吟〉寄給李師道，婉轉地拒絕。

且不論這層政治背景的暗喻，純從文字表面來看，這首詩正可視為婚姻關係中或情侶關係中遭遇第三者時，如何應對的參考。

首句言「君知妾有夫」，卻還「贈妾雙明珠」，顯示出對方意圖明顯。明知對方意圖，卻接受對方的示愛：「感君纏綿意，繫在紅羅襦」，這能稱得上是「節婦」嗎？因為對方是主管是有權勢的人所以不能也不敢拒絕？已婚者或已有固定情侶的男女份際應如何把握？

第三句敘述自家夫婿的身家來歷，也非泛泛，於是有後面的轉折：知道對方心意，但也誓與夫婿同生死。後面的結句最是精彩，雖然前句拒絕了對方，但卻給對方好大的下台階：不是你不好，也不是我毫無情意（所以會雙淚垂），只是時機不對，只能留此憾恨。

男女情事，在對的時候遇見對的人，兩情相悅，誠然美事；但如果是時候不對、人不對，該怎麼辦？也有可能原來以為是對的人，後來發現不對了，要分手，怎麼分手才恰當？這首詩讓我們了解，內在意志堅定當然是必要條件，而表達的方式可以有峻拒、悍拒之外的其他選擇。內堅強而外柔軟，內堅定而外示弱；不委屈自己，也不讓對方失去尊嚴。情感生活裡的智者，不必一定要論輸贏，但一定不要淪落到雙輸的局面。

延伸閱讀

一、葉嘉瑩：《好詩共欣賞》。臺北：三民書局，一九九八年。

二、河合隼雄：《大人的友情：在大人之間，友情以什麼樣的面貌存在著》。臺北：時報出版，二〇一六年。

三、陳永儀：《感情這件事：五種角色，在愛的學習中遇見心理學家》。臺北：三采文化，二〇一九年。

問題與討論

一、父母的朋友來家作客時，曾有陪著接待的經驗嗎？

二、試陪長輩參加早年同學會，觀察久別重逢的他們並記錄下來。

三、有想見但再也見不了的朋友嗎？若能再見，想對他們說些甚麼？

四、在愛情關係中，能接受第三者的情意嗎？異性友人之間的關係如何拿捏？

五、一段感情結束後，要多久之後才開始另一段感情比較合適？「無縫接軌」的感情是不是表示在前一段關係就有「出軌」的可能？和平地分手，需要具備哪些智慧因素？

林其賢老師撰

八、樹猶如此

白先勇

課文

我家後院西隅近籬笆處曾經種有一排三株義大利柏樹。這種義大利柏樹（Italian Cypress）原本生長於南歐地中海畔，與其他松柏皆不相類。樹的主幹筆直上伸，標高至六、七十呎，但橫枝並不恣意擴張，兩人合抱，便把樹身圈住了。於是擎天一柱，平地拔起，碧森森像座碑塔，孤峭屹立，甚有氣勢。南加州濱海一帶的氣候，溫和似地中海，這類義大利柏樹，隨處可見。有的人家，深宅大院，柏樹密植成行，遠遠望去，一片蒼鬱，如同一堵高聳雲天的牆垣。

我是一九七三年春遷入「隱谷」這棟住宅來的。這個地區叫「隱谷」（Hidden Valley），因爲三面環山，林木幽深，地形又相當隱蔽，雖然位於市區，因爲有山丘屏障，不易發覺。當初我按報上地址尋找這棟房子，彎彎曲曲，迷了幾次路才發現，原來山坡後面，別有洞天，谷中隱隱約約，竟是一片住家。那日黃昏驅車沿著山坡駛進「隱谷」，迎面青山綠樹，只覺得是個清幽所在，萬沒料到，谷中一住迄今，長達二十餘年。

巴薩隆那道（Barcelona Drive）九百四十號在斜坡中段，是一幢很普通的平房。人跟住屋也得講緣分，這棟房子，我第一眼便看中了，主要是爲著屋前屋後的幾棵大樹。屋前一棵寶塔松，龐然矗立，頗有年份，屋後一對中國榆，搖曳生姿，有點垂柳的風味，兩側的灌木叢又將鄰舍完全隔離，整座房屋都有樹蔭庇護，我喜歡這種隱遮在樹叢中的房屋，而且價錢剛剛合適，當天便放下了定洋。

房子本身保養得還不錯，不需修補。問題出在園子裏的花草。屋主偏愛常春藤，前後院種滿了這種藤葛，四處竄爬。常春藤的生命力強韌驚人，要拔掉煞費工夫，還有雛菊、罌粟、木槿都不是我喜愛的花木，全部根除，工程浩大，絕非我一人所能勝任。幸虧那年暑假，我中學時代的至友王國祥從東岸到聖芭芭拉來幫我，兩人合力把我「隱谷」這座家園，重新改造，遍植我屬意的花樹，才奠下日後園子發展的基礎。

王國祥那時正在賓州州立大學做博士後研究，只有一個半月的假期，我們卻足足做了三十天的園藝工作。每天早晨九時開工，一直到傍晚五、六點鐘才嗚金收兵，披荊斬棘，去蕪存菁，消除了幾卡車的廢枝雜草，終於把花園理出一個輪廓來。我與國祥都是生手，不慣耕勞，一天下來，腰痠背痛。幸虧聖芭芭拉夏天涼爽，在和風煦日下，胼手胝足，實在算不上辛苦。

聖芭芭拉附近產酒，有一家酒廠釀製一種杏子酒（Aprivert），清香甘冽，是果子酒中的極品，冰凍後，特別爽口。鄰舍有李樹一株，枝椏一半伸到我的園中，這棵李樹眞是異種，是牛血李，肉紅汁多，味甜如蜜，而且果實特大。那年七月，一樹纍纍，掛滿了小紅球，委實誘人。開始我與國祥還有點顧忌，到底是人家的果樹，光天化日之下，採摘鄰居的果子，不免心虛。後來發覺原來加州法律規定，長過了界的樹木，便算是這一邊的產物。有了法律根據，我們便架上長梯，國祥爬上樹去，我在下面接應，一下工夫，我們便採滿了一桶殷紅光鮮的果實。收工後，夕陽西下，清風徐來，坐在園中草坪上，啜杏子酒，啖牛血李，一日的疲勞，很快也就消除了。

聖芭芭拉（Santa Barbara）有「太平洋的天堂」之稱，這個城的山光水色的確有令人流連低徊之處，但是我覺得這個小城的一個好處是海產豐富：石頭蟹、硬背蝦、海膽、鮑魚，都屬本地特產，尤其是石頭蟹，殼堅、肉質細嫩鮮甜，還有一雙巨螯，眞是聖芭芭拉的美味。那個時候美國人還不很懂得吃帶殼螃蟹，碼頭上的漁市場，生猛螃蟹，團臍一元一隻，尖臍一隻不過一元半。王國祥是浙江人，生平就好這一樣東西，我們每次到碼頭漁市，總要攜回四、五隻巨蟹，蒸著吃。蒸蟹第一講究是火候，過半分便老了，少半分又不熟。王國祥蒸螃蟹全憑直覺，他注視著蟹殼漸漸轉紅叫一聲「好！」將螃蟹從鍋中一把提起，十拿九穩，正好蒸熟。然後佐以薑絲米醋，再燙一壺紹興酒，那便是我們的晚餐。那個暑假，我和王國祥起碼饕掉數打石頭蟹。那年我剛拿到終身教職，《臺北人》出版沒有多久。國祥自加大柏克萊畢業後，到賓州州大去做博士後研究是他第一份工作，那時他對理論物理還充滿了信心熱忱，我們憧憬人生前景，是金色的，未來命運的凶險，我們當時渾然未覺。

園子整頓停當，選擇花木卻頗費思量。百花中我獨鍾情茶花。茶花高貴，白茶雅潔，紅茶穠麗，粉茶花俏生生、嬌滴滴，自是惹人憐惜。即使不開花，一樹碧亭亭，也是好看。茶花起源於中國，盛產雲貴高原，後經歐洲才傳到美國來。茶花性喜溫濕，宜酸性土，聖芭芭拉恰好屬於美國的茶花帶，因有海霧調節，這裏的茶花長得分外豐蔚。我們遂決定，園中草木以茶花爲主調，於是遍搜城中苗圃，最後才選中了三十多株各色品種的幼木。美國茶花的命名，有時也頗具匠心：白茶叫「天鵝湖」，粉茶花叫「嬌嬌女」，有一種紅茶名爲

「艾森豪威爾將軍」——這是十足的美國茶，我後院栽有一棵，後來果然長得偉岸嶔崎，巍巍然有大將之風。

花種好了，最後的問題只剩下後院西隅的一塊空地，屋主原來在此搭了一架鞦韆，架子撤走後便留空白一角。因爲地區不大，不能容納體積太廣的樹木，王國祥建議：「這裏還是種Italian Cypress吧。」這倒是好主意，義大利柏樹占地不多，往空中發展，前途無量。我們買了三株幼苗，沿著籬笆，種了一排。剛種下去，才三、四呎高，國祥預測：「這三棵柏樹長大，一定會超過你園中其他的樹！」果眞，三棵義大利柏樹日後抽發得傲視群倫，成爲我花園中的地標。

十年樹木，我園中的花木，欣欣向榮，逐漸成形。那期間，王國祥已數度轉換工作，他去過加拿大，又轉德州。他的博士後研究並不順遂，理論物理是門高深學問，出路狹窄，美國學生視爲畏途，念的人少，教職也相對有限，那幾年美國大學預算緊縮，一職難求，只有幾家名校的物理系才有理論物理的職位，很難擠進去，亞利桑拿州立大學曾經有意聘請王國祥，但他卻拒絕了。當年國祥在臺大選擇理論物理，多少也是受到李政道、楊振寧獲得諾貝爾獎的鼓勵。後來他進柏克萊，曾跟隨名師，當時柏克萊物理系竟有六位諾貝爾獎得主的教授。名校名師，王國祥對自己的研究當然也就期許甚高。當他發覺他在理論物理方面的研究無法達成重大突破，不可能做一個頂尖的物理學家，他就斷然放棄物理，轉行到高科技去了。當然，他一生最高的理想未能實現，這一直是他的一個隱痛。後來他在洛杉磯休斯（Hughes）公司找到一份安定工作，研究人造衛星。波斯灣戰爭，美國軍隊用的人造衛星就是休斯製造的。

那幾年王國祥有假期常常來聖芭芭拉小住，他一到我家，頭一件事便要到園中去察看我們當年種植的那些花木。他隔一陣子來，看到後院那三株義大利柏樹，就不禁驚嘆：「哇，又長高了好多！」柏樹每年升高十幾呎，幾年間，便標到了頂，成為六、七十呎的巍峨大樹。三棵中又以中間那棵最為茁壯，要高出兩側一大截，成了一個山字形。山谷中，濕度高，柏樹出落得蒼翠欲滴，夕照的霞光映在上面，金碧輝煌，很是醒目。三四月間，園中的茶花全部綻放，樹上綴滿了白天鵝，粉茶花更是嬌豔光鮮，我的花園終於春意盎然起來。

一九八九年，歲屬蛇年，那是個凶年，那年夏天，中國大陸發生了天安門「六四」事件，成千上百的年輕生命瞬息消滅。那一陣子天天看電視全神貫注事件的發展，很少到園中走動。有一天，我突然發覺後院三棵義大利柏樹中間那一株，葉尖露出點點焦黃來。起先我以為暑天乾熱，植物不耐旱，沒料到才是幾天工夫，一棵六、七十呎的大樹，如遭天火雷殛，驟然間通體枯焦而亡。那些針葉，一觸便紛紛斷落，如此孤標傲世風華正茂的長青樹，數日之間竟至完全壞死。奇怪的是，兩側的柏樹卻好端端的依舊青蒼無恙，只是中間赫然豎起槁木一柱，實在令人觸目驚心，我只好叫人來把枯樹砍掉拖走。從此，我後院的西側，便出現了一道缺口。柏樹無故枯亡，使我鬱鬱不樂了好些時日，心中總感到不祥，似乎有甚麼奇禍即將降臨一般。沒有多久，王國祥便生病了。

那年夏天，國祥一直咳嗽不止，他到美國二十多年，身體一向健康，連傷風感冒也屬罕有。他去看醫生檢查，驗血出來，發覺他的血紅素竟比常人少了一半，一公升只有六克多。接著醫生替他抽骨髓化驗，結果出來後，國祥打電話給我：「我的舊病又復發了，醫生說，是『再生不良性貧血』。」國祥說話的時候，聲音還很鎮定，他一向臨危不亂，有科學家的理性與冷靜，可是我聽到那個長長的奇怪病名，就不由得心中一寒，一連串可怕的記憶，又湧了回來。

許多年前，一九六〇年的夏天，一個清晨，我獨自趕到臺北中心診所的血液科去等候化驗結果，血液科主任黃天賜大夫出來告訴我：「你的朋友王國祥患了『再生不良性貧血』。」那是我第一次聽到這個陌生的病名。黃大夫大概看見我滿面茫然，接著對我詳細解說了一番「再生不良性貧血」的病理病因。這是一種罕有的貧血症，骨髓造血機能失調，無法製造足夠的血細胞，所以紅血球、血小板、血紅素等統統偏低。這種血液病的起因也很複雜，物理、化學、病毒各種因素皆有可能。最後黃大夫十分嚴肅的告訴我：「這是一種很嚴重的貧血症。」的確，這種棘手的血液病，迄至今日，醫學突飛猛進，仍舊沒有發明可以根除的特效藥，一般治療只能用激素刺激骨髓造血的機能。另外一種治療法便是骨髓移植，但是臺灣那個年代，還沒有聽說過這種事情。那天我走出中心診所，心情當然異常沉重，但當時年輕無知，對這種病症的嚴重性並不眞正了解，以爲只要不是絕症，總還有希望治癒。事實上，「再生不良性貧血」患者的治癒率，是極低極低的，大概只有百分之五的人，會莫名其妙自己復元。

王國祥第一次患「再生不良性貧血」時在臺大物理系正要上三年級，這樣一來只好休學，而這一休便是兩年。國祥的病勢開始相當險惡，每個月都需到醫院去輸血，每次起碼五百cc。由於血小板過低，凝血能力不佳，經常牙齦出血，甚至眼球也充血，視線受到障礙。王國祥的個性中，最突出的便是他爭強好勝，永遠不肯服輸的戇直脾氣，是他倔強的意志力，幫他暫時抵擋住排山倒海而來的病災。那時我只能在一旁替他加油打氣，給他精神支持。他的家已遷往臺中，他一個人寄居在臺北親戚家養病，因爲看醫生方便。常常下課後，我便從臺大騎了腳踏車去潮州街探望他。那時我剛與班上同學創辦了《現代文學》，正處在士氣高昂的奮亢狀態，我跟國祥談論的，當然也就是我辦雜誌的點點滴滴。國祥看見我興致勃勃，他也是高興的，病中還替《現代文學》拉了兩個訂户，而且也成爲這本雜誌的忠實讀者。事實上王國祥對《現代文學》的貢獻不小，這本賠錢雜誌時常有經濟危機，我初到加州大學當講師那幾年，因爲薪水有限，爲籌雜誌的印刷費，經常捉襟見肘。國祥在柏克萊念博士拿的是全額獎學金，一個月有四百多塊生活費。他知道我的困境後，每月都會省下一兩百塊美金寄給我接濟《現文》，而且持續了很長一段時間。他的家境不算富裕，在當時，那是很不小的一筆數目。如果沒有他長期的「經援」，《現代文學》恐怕早已停刊。

我與王國祥十七歲結識，那時我們都在建國中學念高二，一開始我們之間便有一種異姓手足禍福同當的默契。高中畢業，本來我有保送臺大的機會，因爲要念水利，夢想日後到長江三峽去築水壩，而且又等不及要離開家，追尋自由，於是便申請保送臺南成功大學，那時只有成大才有水利系。王國祥也有這個念頭，他是他們班上的高材生，考臺大，應該不成問題，他跟我商量好便也投考成大電機系。我們在學校附近一個軍眷村裏租房子住，過了一年自由自在的大學生活。後來因爲興趣不合，我重考臺大外文系，回到臺北。國祥在成大多念了一年，也耐不住了，他發覺他眞正的志向是研究理論科學，工程並非所好，於是他便報考臺大的轉學試，轉物理系。當年轉學、轉系又轉院，難如登天，尤其是臺大，王國祥居然考上了，而且只錄取了他一名。我們正在慶幸，兩人懵懵懂懂，一番折騰，幸好最後都考上與自己興趣相符的校系。可是這時王國祥卻偏偏遭罹不幸，患了這種極爲罕有的血液病。

西醫治療一年多，王國祥的病情並無起色，而治療費用的昂貴已使得他的家庭日漸陷入困境，正當他的親人感到束手無策的時刻，國祥卻遇到了救星。他的親戚打聽到江南名醫奚復一大夫醫治好一位韓國僑生，同樣也患了「再生不良性貧血」，病況還要嚴重，西醫已放棄了，卻被奚大夫治癒。我從小看西醫，對中醫不免偏見。奚大夫開給國祥的藥方裏，許多味草藥中，竟有一劑犀牛角，當時我不懂得犀牛角是中藥的涼血要素，不禁嘖嘖稱奇，而且小小一包犀牛角粉，價值不菲。但國祥服用奚大夫的藥後，竟然一天天好轉，半年後已不需輸血。很多年後，我跟王國祥在美國，有一次到加州聖地牙哥世界聞名的動物園去觀覽百獸，園中有一群犀牛族，大大小小七隻，那是我第一次眞正看到這種神奇的野獸，我沒想到近距離觀看，犀牛的體積如此龐大，而且皮之堅厚，似同披甲戴鎧，鼻端一角聳然，如利斧朝天，神態很是威武。大概因爲犀牛角曾治療過國祥的病，我對那一群看來兇猛異常的野獸，竟有一份說不出的好感，在欄前盤桓良久才離去。

我跟王國祥都太過樂觀了，以爲「再生不良性貧血」早已成爲過去的夢魘，國祥是屬於那百分之五的幸運少數。萬沒料到，這種頑強的疾病，竟會潛伏二十多年，如同酣睡已久的妖魔，突然甦醒，張牙舞爪反撲過來。而國祥畢竟已年過五十，身體抵抗力比起少年時，自然相差許多，舊病復發，這次形勢更加險峻。自此，我與王國祥便展開了長達三年，共同抵禦病魔的艱辛日子，那是一場生與死的搏鬥。

鑑於第一次王國祥的病是中西醫合治醫好的，這一次我們當然也就依照舊法。國祥把二十多年前奚復一大夫的那張藥方找了出來，並託臺北親友拿去給奚大夫鑑定，奚大夫更動了幾樣藥，並加重分量：黃芪、生熟地、黨參、當歸、首烏等都是一些補血調氣的草藥，方子中也保留了犀牛角。幸虧洛杉磯的蒙特利公園市的中藥行這些藥都買得到。有一家叫「德成行」的老字號，是香港人開的，貨色齊全，價錢公道。那幾年，我替國祥去抓藥，進進出出，「德成行」的老闆夥計也都熟了。因爲犀牛屬於受保護的稀有動物，在美國犀牛角是禁賣的。開始「德成行」的夥計還不肯拿出來，我們懇求了半天，才從一只上鎖的小鐵匣中取出一塊犀牛角，拿來磨些粉賣給我們。但經過二十多年，國祥的病況已大不同，而且人又不在臺灣，沒能讓大夫把脈，藥方的改動，自然無從掌握。這一次，服中藥並無速效。但三年中，國祥並未停用過草藥，因爲西醫也並沒有特效治療方法，還是跟從前一樣，使用各種激素；我們跟醫生曾討論過骨髓移植的可能，但醫生認爲，五十歲以上的病人，骨髓移植風險太大，而且尋找血型完全相符的骨髓贈者，難如海底撈針。

那三年，王國祥全靠輸血維持生命，有時一個月得輸兩次。我們的心情也就跟著他血紅素的數字上下而陰晴不定。如果他的血紅素維持在九以上，我們就稍寬心，但是一旦降到六，就得準備，那個週末，又要進醫院去輸血了。國祥的保險屬於凱撒公司（Kaiser Permanente），是美國最大的醫療系統之一。凱撒在洛杉磯城中心的總部是一連串延綿數條街的龐然大物，那間醫院如同一座迷宮，進去後，轉幾個彎，就不知身在何方了。我進出那間醫院不下四、五十次，但常常闖進完全陌生的地帶，跑到放射科、耳鼻喉科去。因爲醫院每棟建築的外表都一模一樣，一整排的玻璃門窗反映著冷冷的青光。那是一座卡夫卡式超現代建築物，進到裏面，好像誤入外星。

因爲輸血可能有反應，所以大多數時間王國祥去醫院，都是由我開車接送。幸好每次輸血時間定在週末星期六，我可以在星期五課後開車下洛杉磯國祥住處，第二天清晨送他去。輸血早上八點鐘開始，五百cc輸完要到下午四、五點鐘了，因此早上六點多就要離開家。洛杉磯大得可怕，隨便到哪裏，高速公路上開一個鐘頭車是很平常的事，尤其在早上上班時間，十號公路塞車是有名的。住在洛杉磯的人，生命大部分都耗在那八爪魚似的公路網上。山於早起，我陪著王國祥輸血時，耐不住要打個盹，但無論睡去多久，一張開眼，看見的總是架子上懸掛著的那一袋血漿，殷紅的液體，一滴一滴，順著塑膠管往下流，注入國祥臂彎的靜脈裏去。那點點血漿，像時間漏斗的水滴，無窮無盡，永遠滴不完似的。但是王國祥躺在床上，卻能安安靜靜的接受那八個小時生命漿液的挹注。他兩隻手臂彎上的靜脈都因針頭插入過分頻繁而經常瘀青紅腫，但他從來也沒有過半句怨言。王國祥承受痛苦的耐力驚人，當他喊痛的時候，那必然已經不是一般人所能負荷的痛苦了。我很少看到像王國祥那般能隱忍的病人，他這種斯多葛（Stoic）式的精神是由於他超強的自尊心，不願別人看到他病中的狼狽。而且他跟我都了解到這是一場艱巨無比的奮鬥，需要我們兩個人所有的信心、理性，以及意志力來支撐。我們絕對不能向病魔示弱，露出膽怯，我們在一起的時候，似乎一直在互相告誡：要挺住，鬆懈不得。

事實上，只要王國祥的身體狀況許可，我們也盡量設法苦中作樂，每次國祥輸完血後，精神體力馬上便恢復了許多，臉上又浮現了紅光，雖然明知這只是人爲的暫時安康，我們也要趁這一刻享受一下正常生活。開車回家經過蒙特利公園時，我們便會到平日喜愛的飯館去大吃一餐，大概在醫院裏磨了一天，要補償起來，胃口特別好。我們常去「北海漁邨」，因爲這家廣東館港味十足，一道「避風塘炒蟹」非常道地。吃了飯便去租錄影帶回去看，我一生中從來沒看過那麼多中港臺的「連續劇」，幾十集的《紅樓夢》、《滿清十三皇》、《嚴鳳英》，隨著那些東扯西拉的故事，一個晚上很容易打發過去。當然，王國祥也很關心世界大勢，那一陣子，東歐共產國家以及「蘇維埃社會主義聯邦共和國」土崩瓦解，我們天天看電視，看到德國人爬到東柏林牆上喝香檳慶祝，王國祥跟我都拍手喝起采來，那一刻，「再生不良性貧血」，眞的給忘得精光。

王國祥直到八八年才在艾爾蒙特（El Monte）買了一幢小樓房，屋後有一片小小的院子，搬進去不到一年，花園還來不及打點好，他就生病了。生病前，他在超市找到一對醬色皮蛋缸，上面有薑黃色二龍搶珠的浮雕，這對大皮蛋缸十分古拙有趣，國祥買回來，用電鑽鑽了洞，準備作花缸用。有一個星期天，他的精神特別好，我便開車載了他去花圃看花。我們發覺原來加州也有桂花，登時如獲至寶，買了兩棵回去移植到那對皮蛋缸中。從此，那兩棵桂花，便成了國祥病中的良伴，一直到他病重時，也沒有忘記常到後院去澆花。

王國祥重病在身，在我面前雖然他不肯露聲色，他獨處時內心的沉重與懼恐，我深能體會，因爲當我一個人靜下來時，我自己的心情便開始下沉了。我曾私下探問過他的主治醫生，醫生告訴我，國祥所患的「再生不良性貧血」，經過二十多年，雖然一度緩解，已經達到末期。他用「End Stage」這個聽來十分刺耳的字眼，他沒有再說下去，我不想聽也不願意他再往下說。然而一個令人不寒而慄的問題卻像潮水般經常在我腦海裏翻來滾去：這次王國祥的病，萬一恢復不了，怎麼辦？事實上國祥的病情，常有險狀，以至於一夕數驚。有一晚，我從洛杉磯友人處赴宴回來，竟發覺國祥臥在沙發上已是半昏迷狀態，我趕緊送他上醫院，那晚我在高速公路上起碼開到每小時八十英哩以上，我開車的技術並不高明，不辨方向，但人能急中生智，平常四十多分鐘的路程，一半時間便趕到了。醫生測量出來，國祥的血糖高到八百單位（mg/dl），大概再晚一刻，他的腦細胞便要受損了。原來他長期服用激素，引發血糖升高。醫院的急診室本來就是一個生死場，凱撒的急診室比普通醫院要大幾倍，裏面的生死掙扎當然就更加劇烈，只看到醫生護士忙成一團，而病人圍困在那一間間用白幔圈成的小隔間裏，卻好像完全被遺忘掉了似的，好不容易盼到醫生來診視，可是探一下頭，人又不見了。我陪著王國祥進出那間急診室多次，每次一等就等到天亮才有正式病房。

自從王國祥生病後，我便開始到處打聽有關「再生不良性貧血」治療的訊息。我在臺灣看病的醫生是長庚醫學院的吳德朗院長，吳院長介紹我認識長庚醫院血液科的主治醫生施麗雲女士。我跟施醫生通信討教並把王國祥的病歷寄給她，與她約好，我去臺灣時，登門造訪。同時我又遍查中國大陸中醫治療這種病症的書籍雜誌。我在一本醫療雜誌上看到上海曙光中醫院血液科主任吳正翔大夫治療過這種病，大陸上稱爲「再生障礙性貧血」，簡稱「再障」。同時我又在大陸報上讀到河北省石家莊有一位中醫師治療「再障」有特效方法，並且開了一家專門醫治「再障」的診所。我發覺原來大陸上這種病例並不罕見，大陸中西醫結合治療行之有年，有的病例療效還很好。於是我便決定親自往大陸走一趟，也許能夠尋訪到醫治國祥的醫生及藥方。我把想法告訴國祥，他說道：「那只好辛苦你了。」王國祥不善言辭，但他講話全部發自內心。他一生最怕麻煩別人，生病求人，實在萬不得已。

一九九〇年九月，去大陸之前，我先到臺灣，去林口長庚醫院拜訪了施麗雲醫師。施醫生告訴我她也正在治療幾個患「再生不良性貧血」的病人，治療方法與美國醫生大同小異。施醫生看了王國祥的病歷沒有多說甚麼，我想她那時可能不忍告訴我，國祥的病，恐難治癒。

我攜帶了一大盒重重一疊王國祥的病歷飛往上海，由我在上海的朋友復旦大學陸士清教授陪同，到曙光醫院找到吳正翔大夫。曙光是上海最有名的中醫院，規模相當大。吳大夫不厭其詳以中醫觀點向我解說了「再障」的種種病因及治療方法。曙光醫院治療「再障」也是中西合診，一面輸血，一面服用中藥，長期調養，主要還是補血調氣。吳大夫與我討論了幾次王國祥的病況，最後開給我一個處方，要我與他經常保持電話聯絡。我聽聞浙江中醫院也有名醫，於是又去了一趟杭州，去拜訪一位輩分甚高的老中醫，老醫生的理論更玄了，藥方也比較偏。有親友生重病，才能體會得到「病急亂投醫」這句話的真諦。當時如果有人告訴我喜馬拉雅山頂上有神醫，我也會攀爬上去乞求仙丹的。在那時，搶救王國祥的生命，對於我重於一切。

我飛到北京後的第二天，便由社科院袁良駿教授陪同，坐火車往石家莊去，當晚住歇在河北省政協招待所。那晚在招待所遇見了一位從美國去的工程師，原本也是臺灣留美學生，而且是成大畢業，他知道我爲了朋友到大陸訪醫特來看我。我正納悶，這樣偏遠地區怎會有美國來客，工程師一見面便告訴了我他的故事：原來他太太年前車禍受傷，一直昏迷不醒，變成了植物人。工程師四處求醫罔效，後來打聽到石家莊有位極負盛名的氣功師，開診所用氣功治療病人。他於是辭去了高薪職位，變賣房財，將太太運到石家莊接受氣功治療。他告訴我每天有四、五位氣功師輪流替他太太灌氣，他講到他太太的手指已經能動，有了知覺，他臉上充滿希望。我深爲他感動，是多大的愛心與信念，使他破釜沉舟，千里迢迢把太太護運到偏僻的中國北方來就醫。這些年來我早已把工程師的名字給忘了，但我卻常常記起他及他的太太，不知她最後恢復知覺沒有。幾年後我自己經歷了中國氣功的神奇，讓氣功師治療好暈眩症，而且變成了氣功的忠實信徒。當初工程師一番好意，告訴我氣功治病的奧妙，我確曾動過心，想讓王國祥到大陸接受氣功治療。但國祥經常需要輸血，又容易感染疾病，實在不宜長途旅行。但這件事我始終耿耿於懷，如果當初國祥嘗試氣功，不知有沒有復元的可能。

次晨，我去參觀那家專門治療「再障」的診所，會見了主治大夫。其實那是一間極其簡陋的小醫院，有十幾個住院病人，看樣子都病得不輕。大夫很年輕，講話頗自信，臨走時，我向他買了兩大袋草藥，爲了便於攜帶，都磨成細粉。我提著兩大袋辛辣嗆鼻的藥粉，回轉北京。那已是九月下旬，天氣剛入秋，是北京氣候最佳時節。那是我頭一次到北京，自不免到故宮、明陵去走走，但因心情不對，毫無遊興。我的旅館就在王府井附近，離天安門不遠。晚上，我信步走到天安門廣場去看看，那片全世界最大的廣場，竟然一片空曠，除了守衛的解放軍，行人寥寥無幾。相較於一年前「六四」時期，人山人海，民情沸騰的景象，天安門廣場有一種劫後的荒涼與肅殺。那天晚上，我的心境就像北京涼風習習的秋夜一般蕭瑟。在大陸四處求醫下來，我的結論是，中國也沒有醫治「再生不良性貧血」的特效藥。王國祥對我這次大陸之行，當然也一定抱有許多期望，我怕又會令他失望了。

回到美國後，我與王國祥商量，最後還是決定服用曙光醫院吳正翔大夫開的那張藥方，因爲藥性比較平和。石家莊醫生的兩大袋藥粉我也扛了回來，但沒有敢用。而國祥的病，卻是一天比一天沉重了。頭一年，他還支撐著去上班，但每天來回需開兩小時車程，終於體力不支，而把休斯的工作停掉。幸虧他買了殘障保險，沒有因病傾家蕩產。第二年，由於服用太多激素，觸發了糖尿病，又因長期缺血，影響到心臟，發生心律不整，逐漸行動也困難起來。

一九九二年一月，王國祥五十五歲生日，我看他那天精神還不錯，便提議到「北海漁邨」，去替他慶生。我們一路上還商談著要點些甚麼菜，談到吃我們的興致又來了。「北海漁邨」的停車場上到飯館有一道二十多級的石階，國祥扶著欄杆爬上去，爬到一半，便喘息起來，大概心臟負荷不了，很難受的樣子。我趕忙過去扶著他，要他坐在石階上休息一會兒，他歇了口氣，站起來還想勉強往上爬。我知道，他不願掃興，我勸阻道：「我們不要在這裏吃飯了，回家去做壽麵吃。」我沒有料到，王國祥的病體已經虛弱到舉步維艱了。回到家中，我們煮了兩碗陽春麵，度過王國祥最後的一個生日。星期天傍晚，我要回返聖芭芭拉，國祥送我到門口上車，我在車中反光鏡裏，瞥見他孤立在大門前的身影，他的頭髮本來就有少年白，兩年多來，百病相纏，竟變得滿頭蕭蕭，在暮色中，分外怵目。開上高速公路後，突然一陣無法抵擋的傷痛襲擊過來，我將車子拉到公路一旁，伏在方向盤上，不禁失聲大慟。我哀痛王國祥如此勇敢堅忍，如此努力抵抗病魔咄咄相逼，最後仍然被折磨得形銷骨立。而我自己亦盡了所有力量，去迴護他的病體，卻眼看著他的生命一點一滴耗盡，終至一籌莫展。我一向相信人定勝天，常常逆數而行，然而人力畢竟不敵天命，人生大限，無人能破。

夏天暑假，我搬到艾爾蒙特王國祥家去住，因爲隨時會發生危險。八月十三日黃昏，我從超市買東西回來，發覺國祥呼吸困難，我趕忙打九一一叫了救護車來，用氧氣筒急救，隨即將他扛上救護車揚長鳴笛往醫院駛去。在醫院住了兩天，星期五，國祥的精神似乎又好轉了。他進出醫院多次，這種情況已習以爲常，我以爲大概第二天，他就可以出院了。我在醫院裏陪了他一個下午，聊了些閒話，晚上八點鐘，他對我說道：「你先回去吃飯吧。」我把一份《世界日報》留給他看，說道：「明天早上我來接你。」那是我們最後一次交談。星期六一早，醫院打電話來通知，王國祥昏迷不醒，送進了加護病房。我趕到醫院，看見國祥身上已插滿了管子。他的主治醫生告訴我，不打算用電擊刺激國祥的心臟了，我點頭同意，使用電擊，病人太受罪。國祥昏迷了兩天，八月十七日星期一，我有預感恐怕他熬不過那一天。中午我到醫院餐廳匆匆用了便餐，趕緊回到加護病房守著。顯示器上，國祥的心臟愈跳愈弱，五點鐘，值班醫生進來準備，我一直看著顯示器上國祥心臟的波動，五點二十分，他的心臟終於停止。我執著國祥的手，送他走完人生最後一程。霎時間，天人兩分，死生契闊，在人間，我向王國祥告了永別。

一九五四年，四十四年前的一個夏天，我與王國祥同時匆匆趕到建中去上暑假補習班，預備考大學。我們同級不同班，互相並不認識，那天恰巧兩人都遲到，一同搶著上樓梯，跌跌撞撞，碰在一起，就那樣，我們開始結識，來往相交，三十八年。王國祥天性善良，待人厚道，孝順父母，忠於朋友。他完全不懂虛偽，直言直語，我曾笑他說謊舌頭也會打結。但他講究學問，卻據理力爭，有時不免得罪人，事業上受到阻礙。王國祥有科學天才，物理方面應該有所成就，可惜他大二生過那場大病，腦力受了影響。他在休斯研究人造衛星，很有心得，本來可以更上一層樓，可是天不假年，五十五歲，走得太早。我與王國祥相知數十載，彼此守望相助，患難與共，人生道上的風風雨雨，由於兩人同心協力，總能抵禦過去，可是最後與病魔死神一搏，我們全力以赴，卻一敗塗地。

我替王國祥料理完後事回轉聖芭芭拉，夏天已過。那年聖芭芭拉大旱，市府限制用水，不准澆灑花草。幾個月沒有回家，屋前草坪早已枯死，一片焦黃。由於經常跑洛杉磯，園中缺乏照料，全體花木黯然失色，一棵棵茶花病懨懨，只剩得奄奄一息，我的家，成了廢園一座。我把國祥的骨灰護送返臺，安置在善導寺後，回到美國便著手重建家園。草木跟人一樣，受了傷須得長期調養。我花了一兩年工夫，費盡心血，才把那些茶花一一救活。退休後時間多了，我又開始到處蒐集名茶，愈種愈多，而今園中，茶花成林。我把王國祥家那兩缸桂花也搬了回來，因爲長大成形，皮蛋缸已不堪負荷，我便把那兩株桂花移植到園中一角，讓它們入土爲安。冬去春來，我園中六、七十棵茶花競相開花，嬌紅嫩白，熱鬧非凡。我與王國祥從前種的那些老茶，二十多年後，已經高攀屋簷，每株盛開起來，都有上百朵。春日負暄，我坐在園中靠椅上，品茗閱報，有百花相伴，暫且貪享人間瞬息繁華。美中不足的是，抬望眼，總看見園中西隅，剩下的那兩棵義大利柏樹中間，露出一塊楞楞的空白來，缺口當中，映著湛湛青空，悠悠白雲，那是一道女媧煉石也無法彌補的天裂。

導讀

白先勇（一九三七～），多重角色的文學家，擅長小說、散文、戲劇等創作及文學評論。著作極豐，短篇小說集有《寂寞的十七歲》、《臺北人》、《紐約客》，長篇小說有《孽子》，散文集有《驀然回首》、《明星咖啡館》、《第六隻手指》、《樹猶如此》，舞臺劇劇本有《遊園驚夢》，電影劇本《金大班的最後一夜》、《玉卿嫂》、《孤戀花》、《最後的貴族》等。

出生於廣西桂林，一九五二年隨父親白崇禧上將（第一任中華民國國防部部長）由香港來台。大學時創辦《現代文學》雜誌；後赴美就讀愛荷華大學作家寫作營，長住加州，任教並持續小說創作、崑曲編劇，著作量豐沛，作品被翻譯英文、韓文、德文等。

從加州大學退休後，投入愛滋防治的公益活動和崑曲藝術的復興事業，製作青春版《牡丹亭》巡迴兩岸、美國、歐洲，獲得廣大迴響。

二〇一一年開始致力整理父親白崇禧的傳記，陸續出版《父親與民國：白崇禧將軍身影集》、《止痛療傷：白崇禧將軍與二二八》。二〇一四年在臺灣大學開設《紅樓夢》導讀通識課程三個學期，從小說創作的角度解讀各種版本的《紅樓夢》，將畢生鑽研體會，傾囊相授學子，深受讀者歡迎。

本文借庭園裡三棵柏樹的生與死寫一段長達三十多年相知相伴復相失的知交情誼，平實淡筆勾勒出鮮明的生命經驗，是白先勇極為熟練的回顧筆調。

文章先從遷入新居，整理庭園，蒔花植樹寫起，摯友王國祥遠來相助，並建議種下三棵義大利柏樹，不久成為花園地標。突然一棵柏樹無故枯死，王國祥陡然病發，於是倒敘王大三時第一次病發，再倒敘兩人從高中相識結為好友的經過。再接回第二次發病時，如何陪伴、如何就醫、太平洋兩岸各地訪藥訪醫……，直到陪他走完最後一程。此時又再回溯填補十七歲時相識的細節，總結三十八年的交往：「我與王國祥相知數十載，彼此守望相助，患難與共，人生道上的風風雨雨，由于兩人同心協力，總能抵禦過去，可是最後與病魔死神一搏，我們全力以赴，卻一敗塗地。」

最後一段寫摯友死後自己重整花園，望見園裡「剩下的那兩棵義大利柏樹中間，露出一塊楞楞的空白來，缺口當中，映著湛湛青空，悠悠白雲，那是一道女媧煉石也無法彌補的天裂。」寫景，回應首段種下三棵柏樹的伏筆，同時也對照出昔日共同種樹而今獨處的失落心情。

白先勇長於編劇，有多部小說被改編拍成電影，其字裡行間寫景寫事特別具象；寫花寫樹寫栽種，寫年少巧遇、寫中年相契、寫壯年受病陪病，全都有具體空間與物事作背景，輕易便把讀者帶到繁盛花園的興衰以及醫院迷霧空間的生離死別，引領讀者一步步進入作者的感受世界。一花一樹一食一藥，都鑲嵌著細緻的人間生死情事。老練的筆寫深刻的情感，如平靜的海面下湧動著巨大的能量。

而在文字能力之外，陪病的細緻週到，關懷的體貼溫暖，在在都顯示出兩人深厚的情誼。有文學技巧，有人文關懷，有深刻的醫療陪伴，除了是悼念文學作品，也是非常上乘的醫病文學作品。

延伸閱讀

一、白先勇：《白先勇細說紅樓夢》。臺北：時報出版，二〇一六年七月。

二、白先勇：《父親與民國：白崇禧將軍身影集》。臺北：時報出版，二〇一二年四月。

三、李桐豪：「孽子回家　白先勇」（ttps://www.mirrormedia.mg/story/20170609pol007）

四、「我們在島嶼朗讀」（https://www.facebook.com/watch/?v=527772531077097）

五、「愛情三角理論」（https://www.youtube.com/watch?v=yw_g_IZEJV8）

問題與討論

一、試著種下一棵小樹苗或花苗，讓他陪著課程長大；或觀察一棵與你最親近的樹，試著描述它。

二、心中的理想家園：若有一塊地，你想種下甚麼？知道過程需要準備甚麼？付出甚麼？

三、試試看，依著白先勇的描述繪出「隱谷」布局。

四、王國祥的生病與白先勇的陪病占據本文重要篇幅。試回顧自己的生命陪行經驗。

林其賢老師撰

九、地毯的那一端

張曉風

課文

德：

從疾風中走回來，覺得自己像是被浮起來了。山上的草香得那樣濃，讓我想到，要不是有這樣猛烈的風，恐怕空氣都會給香得凝凍起來！

我昂首而行，黑暗中沒有人能看見我的笑容。白色的蘆荻在夜色中點染著涼意——這是深秋了，我們的日子在不知不覺中臨近了。我遂覺得，我的心像一張新帆，其中每一個角落都被大風吹得那樣飽滿。

星斗清而亮，每一顆都低低地俯下頭來。溪水流著，把燈影和星光都流亂了。我忽然感到一種幸福，那樣渾沌而又陶然的幸福。我從來沒有這樣親切地感受到造物的寵愛——眞的，我們這樣平庸，我總覺得幸福應該給予比我們更好的人。

但這是眞實的，第一張賀卡已經放在我的案上了。灑滿了細碎精緻的透明亮片，燈光下展示著一個閃爍而又眞實的夢境。畫上的金鐘搖盪，遙遙的傳來美麗的迴響。我彷彿能聽見那悠揚的音韻，我彷彿能嗅到那沁人的玫瑰花香！而尤其讓我神往的，是那幾行可愛的祝詞：「願婚禮的記憶存至永遠，願你們的情愛與日俱增。」

是的，德，永遠在增進，永遠在更新，永遠沒有一個邊兒和底兒——六年了，我們護守著這份情誼，使它依然煥發，依然鮮潔，正如別人所說的，我們是何等幸運。每次回顧我們的交往，我就彷彿走進博物館的長廊。其間每一處景物都意味著一段美麗的回憶，每一件東西都牽扯著一個動人的故事。

那樣久遠的事了。剛認識你的那年才十七歲，一個多麼容易錯誤的年紀！但是，我知道，我沒有錯。我生命中再沒有一件決定比這項更正確了。前天，大夥兒一起吃飯，你笑著說：「我這個笨人，我這輩子只做了一件聰明的事。」你沒有再說下去，妹妹卻拍起手來，說：「我知道了！」啊，德，我能夠快樂的說，我也知道。因爲你做的那件聰明事，我也做了。

那時候，大學生活剛剛展開在我面前。臺北的寒風讓我每日思念南部的家。在那小小的閣樓裡，我呵著手，寫蠟紙。在草木搖落的道路上，我獨自騎車去上學。生活是那樣的黯淡，心情是那樣的沈重。在我的日記上有這樣一句話：「我擔心，我會凍死在這小樓上。」而這時候，你來了。你那種毫無企冀的友誼四面環護著我，讓我的心觸及最溫柔的陽光。

我沒有兄長，從小我也沒有和男孩子同學過。但和你交往卻是那樣自然，和你談話又是那樣舒服。有時候，我想，如果我是男孩子多麼好呢！我們可以一起去爬山，去泛舟。讓小船在湖裡任意飄盪，任意停泊，沒有人會感到驚奇。好幾年以後，我將這些想法告訴你，你微笑地注視著我：「那，我可不願意，如果你眞想做男孩子，我就做女孩。」而今，德，我沒有變成男孩子，但我們可以去遨遊，去做山和湖的夢。因爲，我們將有更親密的關係了。啊，想像中終生相愛相隨該是多麼美好！

那時候，我們穿著學校規定的卡其服。我新燙的頭髮又總是被風刮得亂蓬蓬的。想起來，我總不明白你爲什麼那樣喜歡接近我。那年大考的時候，我蜷曲在沙發裡唸書。你跑來，熱心地爲我講解英文文法。好心的房東爲我們送來一盤春捲，我慌亂極了，竟吃得灑了一裙子。你瞅著我說：「你眞像我妹妹，她和你一樣大。」我窘得不知如何是好，只是一逕低著頭，假作抖那長長的裙幅。

那些日子眞是冷極了。每逢沒有課的下午我總是留在小樓上，彈彈風琴，把一本拜爾琴譜都快翻爛了。有一天你對我說：「我常在樓下聽你彈琴。你好像常彈那首甜蜜的家庭。怎麼？在想家嗎？」我很感激你的竊聽，唯有你了解、關切我淒楚的心情。德，那個時候，當你獨自聽著的時候，你想些什麼呢？你想到有一天我們會組織一個家庭嗎？你想到我們要用一生的時間以心靈的手指合奏這首歌嗎？

寒假過後，你把那疊泰戈爾詩集還給我。你指著其中一行請我看：「如果你不能愛我，就請原諒我的痛苦吧！」我於是知道發生什麼事了。我不希望這件事發生，我眞的不希望。並非由於我厭惡你，乃是因爲我太珍重這份素淨的友誼，反而不希望有愛情去加深它的色彩。

但我卻樂於和你繼續交往。你總是給我一種安全穩妥的感覺。從起頭，我就付給你我全部的信任。但是，當時我心中總嚮往著那種傳奇式的、驚心動魄的戀愛，並且喜歡那麼一點點的悲劇氣氛。爲著這些可笑的理由，我耽延著沒有接受你的奉獻。我奇怪你爲什麼仍作那樣固執的等待。

你那些小小的關懷常令我感動。那年聖誕節你把得來不易的幾顆巧克力糖，全部拿來給我了。我愛吃筍豆裡的筍子，唯有你注意到，並且耐心地爲我挑出來。我常常不曉得照料自己，唯有你想到用自己的外衣披在我身上。（我至今不能忘記那衣服的溫暖，它在我心中象徵了許多意義。）是你，敦促我讀書。是你，容忍我偶發的氣性。是你，仔細糾正我寫作的錯誤。是你，教導我爲人的道理。如果說，我像你的妹妹，那是因爲你太像我大哥的緣故。

後來，我們一起得到學校的工讀金。分配給我們的打掃教室的工作。每次你總強迫我放下掃帚，我便只好遙遙地站在教室的末端，看你奮力工作。在炎熱的夏季裡，你的汗水滴落在地上。我無言地站著，等你掃好了，我就去撣撣桌椅，並且幫你把它們排齊。每次，當我們目光偶然相遇的時候，總感到那樣興奮。我們是這樣地彼此了解，我們合作的時候總是那樣完美。我注意到你手上的硬繭，它們把那虛幻的字眼十分具體地說明了。我們就在那飛揚的塵影中完成了大學課程——我們的經濟從來沒有富裕過；我們的日子卻從來沒有貧乏過。我們活在夢裡，活在詩裡，活在無窮無盡的彩色希望裡。記得有一次我提到瑪格麗特公主在她婚禮中說的一句話：「世界上從來沒有兩個人像我們這樣快樂過。」你毫不在意地說：「那是因爲他們不認識我們的緣故。」我喜歡你的自豪，因爲我也如此自豪著。

我們終於畢業了，你在掌聲中走到臺上，代表全系領取畢業證書。我的掌聲也夾在眾人之中，但我知道你聽到了。在那美好的六月清晨，我的眼中噙著欣喜的淚。我感到那樣驕傲，我第一次分沾你的成功，你的光榮。

「我在臺上偷眼看你。」你把繫著彩帶的文憑交給我，「要不是中國風俗如此，我一走下臺來就要把它送到你面前去的。」

我接過它，心裡垂著沈甸甸的喜悅。你站在我面前，高昂而謙和、剛毅而溫柔。我忽然發現，我關心你的成功，遠遠超過我自己的。

那一年，你在軍中。在那樣忙碌的生活中，在那樣辛苦的演習裡，你卻那樣努力地準備研究所的考試。我知道，你是爲誰而作的。在淒長的分別歲月裡，我開始了解，存在於我們中間的是怎樣一種感情。你來看我，把南部的冬陽全帶來了。那厚呢的陸戰隊軍服重新喚起我童年時期對於號角和戰馬的夢。我一直沒有告訴你，當時你臨別敬禮的鏡頭烙在我心上有多深。

我幫著你蒐集資料，把抄來的範文一篇篇斷句、注釋。我那樣竭力地做，懷著無上的驕傲。這件事對我而言有太大的意義。這是第一次，我和你共赴一件事。所以當你把錄取通知轉寄給我的時候，我竟忍不住哭了。德，沒有人經歷過我們的奮鬥，沒有人像我們這樣相期相勉，沒有人多年來在冬夜圖書館的寒燈下彼此伴讀。因此，也就沒有人了解成功帶給我們的興奮。

我們又可以見面了，能見到眞眞實實的你是多麼幸福。我們又可以去作長長的散步，又可以蹲在舊書攤上享受一個閒散的黃昏。我永不能忘記那次去泛舟。回程的時候，忽然起了大風。小船在湖裡直打轉，你奮力搖櫓，累得一身都汗濕了。

「我們的道路也許就是這樣吧！」我望著平靜而險惡的湖面說：「也許我使你的負擔更重了。」

「我不在意，我高興去搏鬥！」你說得那樣急切，使我不敢正視你的目光，「只要你肯在我的船上，曉風，你是我最甜蜜的負荷。」

那天我們的船順利地攏了岸。德，我忘了告訴你，我願意留在你的船上，我樂於把舵手的位置留給你。沒有人能給我像你給我的安全感。

只是，人海茫茫，哪裡是我們共濟的小舟呢？這兩年來，爲著成家的計畫，我們勞累到幾乎虐待自己的地步。每次，你快樂的笑容總鼓勵著我。

那天晚上你送我回宿舍，當我們邁上那斜斜的山坡，你忽然駐足說：「我在地毯的那一端等你！我等著你，曉風，直到你對我完全滿意。」

我抬起頭來，長長的道路伸延著，如同聖壇前柔軟的紅毯。我遲疑了一下，便踏向前去。

現在回想起來，已不記得當時是否是個月夜了，只覺得你誠摯的言詞閃爍著，在我心中亮起一天星月的清輝。

「就快了！」那以後你常樂觀地對我說：「我們馬上就可以有一個小小的家。你是那屋子的主人，你喜歡吧？」

我喜歡的，德。我喜歡一間小小的陋屋。到天黑時分我便去拉上長長的落地窗簾，捻亮柔和的燈光，一同享受簡單的晚餐。但是，哪裡是我們的家呢？哪兒是我們自己的宅院呢？

你借來一輛半舊的腳踏車，四處去打聽出租的房子，每次你疲憊不堪的回來，我就感到一種痛楚。

「沒有合意的。」你失望地說：「而且太貴，明天我再去看。」

我沒有想到有那麼多困難，我從不知道成家有那麼多瑣碎的事，但至終我們總算找到一棟小小的屋子了。有著窄窄的前庭，以及矮矮的榕樹。朋友笑它小得像個巢，但我已經十分滿意了。無論如何，我們有了可以憩息的地方。當你把鑰匙給我的時候，那重量使我的手臂幾乎爲之下沈。它讓我想起一首可愛的英文詩：「我是一個持家者嗎？哦，是的。但不止，我還得持護著一顆心。」我知道，你交給我的鑰匙也不止此數。你心靈中的每一個空間我都持有一枚鑰匙，我都有權遐行出入。

亞寄來一卷錄音帶，隔著半個地球，他的祝福依然厚厚地繞著我。那樣多好心的朋友來幫我們整理。擦窗子的，補紙門的，掃地的，掛畫兒的，插花瓶的，擁擁熙熙地擠滿了一屋子。我老覺得我們的小屋快要炸了，快要被澎湃的愛情和友誼撐破了。你覺得嗎？他們全都興奮著，我怎能不興奮呢？我們將有一個出色的婚禮，一定的。

這些日子我總是累著。去試禮服，去訂鮮花，去買首飾，去選窗簾的顏色。我的人像一座噴泉，在陽光下溢著七彩的水珠兒。各種奇特複雜的情緒使我眩昏。有時候我也分不清自己是在快樂還是在茫然，是在憂愁還是在興奮。我眷戀著舊日的生活，它們是那樣可愛。我將不再住在宿舍裡，享受陽臺上的落日。我將不再偎在母親的身旁，聽她長夜話家常。而前面的日子又是怎樣的呢？德，我忽然覺得自己好像要被送到另一個境域裡去了。那裡的道路是我未走過的，那裡的生活是我過不慣的，我怎能不惴惴然呢？如果說有什麼可以安慰我的，那就是：我知道你必定和我一同前去。

冬天就來了，我們的婚禮在即。我喜歡選擇這季節，好和你廝守一個長長的嚴冬。我們屋角裡不是放著一個小火爐嗎？當寒流來時，我願其中常閃耀著炭火的紅光。我喜歡我們的日子從黯淡凜冽的季節開始，這樣，明年的春花才對我們具有更美的意義。

我即將走入禮堂，德，當結婚進行曲奏響的時候，父親將挽著我，送我走到壇前，我的步履將凌過如夢如幻的花香。那時，你將以怎樣的微笑迎接我呢？

我們已有過長長的等候，現在只剩下最後的一段了。等待是美的，正如奮鬥是美的一樣，而今，鋪滿花瓣的紅毯伸向兩端，美麗的希冀盤旋而飛舞。我將去即你，和你同去採擷無窮的幸福。當金鐘輕搖，蠟炬燃起，我樂於走過眾人去立下永恆的誓願。因爲，哦，德，因爲我知道，是誰，在地毯的那一端等我。

導讀

張曉風（一九四一～），江蘇銅山人。東吳大學中文系畢業，曾任教於東吳大學、陽明大學、香港浸會大學。作品有散文、小說、戲劇、詩集、兒童文學等，其中對散文情有獨鍾，也最有成就。她的散文題材從小我拓展至大我，廣闊如人生；無論關懷社會、月旦政治，或描人繪景、抒情說理，文筆能秀雅也能雄健，具散文精密度與藝術性。著有《地毯的那一端》、《步下紅毯之後》、《三弦》、《這杯咖啡的溫度剛好》、《星星都已經到齊了》、《花樹下，我們還可以再站一會兒》等。

本文選錄自《地毯的那一端》，寫於一九六四年，是作者在結婚前寫給未婚夫「德」（林治平）的書信。內容首先回憶兩人在大學時相識相戀、相知相惜的過程，並描述即將步入禮堂的複雜情緒，最後以同心採擷幸福的永恆誓願作結。全篇洋溢純真浪漫、纖細敏感的情懷，筆觸溫婉感性，是張曉風早期閨閣散文代表作之一。

婚姻是人生大事，也是「齊家、治國、平天下」的根本，故自古以來即對婚禮特別的敬慎，《禮記・昏義》論及婚禮說：「昏禮者，將合二姓之好，上以事宗廟，而下以繼後世也，故君子重之。」由此可見，婚禮所蘊含的莊重意義。〈地毯的那一端〉在內容意涵上能用知性來提昇感性，一則傳達「有情人終成眷屬」的幸福喜悅，一則透露「地毯的那一端」的甜蜜負荷，兩人將手持構築美滿家庭的鑰匙，攜手同心完成齊家大任。本文在寫作手法上有以下四項特色：

就構成素材而言，作者善於從瑣碎平凡的事物中蘊釀品味與性靈。無論是初識時藉《泰戈爾詩集》傳情，相戀時小舟上的甜蜜告白與工讀的體貼扶持，或畢業後的相期互勉，甚至準備婚禮的真愛相隨，一路走來，雖然沒有驚心動魄的故事，卻有一份安全穩妥的歸屬，每一段點滴回憶都承載著刻骨銘心的情意。

就形式結構而言，本文是採用書信體的方式，作者將兩人六年的情感以「我—你」的敘事語脈娓娓細訴，直攄胸臆、格外親切。又全篇以作者最嫻熟的綴段式寫法，段落紛多，各段短小，既具彈性，又富密度。

就修辭手法而言，能譬善喻是本文之長，如形容內心充滿陶然的幸福：「畫上的金鐘搖盪，遙遙的傳來美麗的迴響。我彷彿能聽見那悠揚的音韻，我彷彿能嗅到那沁人的玫瑰花香！」比喻兩人護守六年的情誼，依然煥發、鮮潔：「每次回顧我們的交往，我就彷彿走進博物館的長廊。其間每一處景物都意味著一段美麗的回憶，每一件東西都牽扯著一個動人的故事。」這些以具象闡釋抽象情感的手法，在簡潔清澈的文字中，深具形象美。

就語言節奏而言，詩化的語言，獨具美感，讀來節奏輕快，如：「從疾風中走回來，覺得自己像是被浮起來了。山上的草香得那樣濃，讓我想到，要不是有這樣猛烈的風，恐怕空氣都會給香得凝凍起來！」「星斗清而亮，每一顆都低低地俯下頭來。溪水流著，把燈影和星光都流亂了。我忽然感到一種幸福，那種渾沌而又陶然的幸福。」這些抒情語言充滿律動的情調，走筆靈快輕盈，瘂弦曾說張曉風是「散文的詩人」、「美文作家」，真是貼切。

延伸閱讀

一、張曉風：《地毯的那一端》。臺北：九歌出版社，二〇一一年。
二、張愛玲：《傾城之戀：張愛玲短篇小說集之一》。臺北：皇冠出版社，一九九一年。
三、金庸：《神鵰俠侶》。臺北：遠流出版社，一九九六年。
四、張藝謀導演：「我的父親母親」。北京：新畫面影業有限公司，一九九九年。
五、裴東尼導演：「戀戀三季」。臺北：春暉國際數位多媒體股份有限公司，一九九九年。

問題與討論

一、在〈地毯的那一端〉中，張曉風與林治平從大學相識相戀，直至走入地毯的那一端，你認為他們的愛情何以能開花結果？又「愛情」與「麵包」孰輕孰重，請說明你的愛情觀？
二、張曉風〈地毯的那一端〉、〈魔季〉這兩篇散文有其連貫性，一篇是寫於結婚前的冬天，另一篇則是寫於結婚後的第一個春天，請分析二文內容各如何與「冬天」、「春天」產生聯繫？
三、請書寫一段最令你感到甜蜜喜悅的經驗，並運用譬喻與對比的修辭，題目自訂，文長六百字左右。

林秀蓉老師撰

單元四　族群文化

十、拉子婦

李永平

課文

昨日接到二妹的信。她告訴我一個噩耗：拉子嬸已經死了。死了？拉子嬸是不該死的。二妹在信中很激動地說：「二哥，我現在什麼都明白了。那晚家中得到拉子嬸的死訊，大家都保持緘默，只有媽說了一句話：『三嬸是個好人，不該死得那麼慘。』二哥，只有一句憐憫的話呵！人家爲什麼不開腔？爲什麼不說一些哀悼的話？我現在明白了。沒有什麼莊嚴偉大的原因，只因爲拉子嬸是一個拉子，一個微不足道的拉子！對一個死去的拉子婦表示過分的悲悼，有失高貴的中國人的身分啊！這些日子來，我一閉上眼睛，就彷彿看見她。二哥，你還記得她的血嗎？……」

拉子嬸是三叔娶的土婦。那時我還小，跟著哥哥姊姊們喊她「拉子嬸」。在沙勞越，我們都喚土人「拉子」。一直到懂事，我才體會到這兩個字所蘊含的一種輕蔑的意味。但是已經喊上口了，總是改不過來；並且，倘若我不喊拉子，而用另外一個好聽點、友善點的名詞代替它，中國人會感到很彆扭的。對於拉子嬸，我有時會因為這樣喊她而感到一點歉意。長大後的唯一的一次見面中，我竟然還當面這樣喊她，而她卻一點也沒有責怪我的意思。媽說得對，她是個好人。我猜想她一生中大約不曾大聲說過一句話。二妹曾告訴我，拉子嬸是在無聲無息中活著。在昨天的信上，二妹提起她這句話，只不過把「活著」改成「挨著」罷了。想不到，她挨夠了，便無聲無息地離開了。

我只見過拉子嬸兩次面。第一次見到她是在八年前。那時學校正放暑假；六月底，祖父從家鄉出來，剛到沙勞越。聽說三叔娶了一個土女，赫然震怒，認爲三叔玷辱了我們李家門風。我還約略記得祖父坐在客廳拍桌子、瞪眼睛，大罵三叔是「畜牲」的情景。父親和幾個叔伯嬸娘站在一旁，垂著頭，不敢作聲，只有媽敢上前去勸祖父。她很委婉地說：「阿爸，您消消氣罷，您這些天來漂洋過海也夠累的了。其實，聽說三嬸人也蠻好的，老老實實，不生是非，您就認這個媳婦罷。」

祖父拍著桌子，喘著氣說：「妳婦人家不懂得這個道理，李家沒有這個畜牲，我把他給『黜』了。」

父親聽說祖父要把三叔逐出家門，立刻跪在老人家跟前，哭著要祖父收回成命。我和二弟那時正躲在簾後，二弟先看見爸爸下跪，叫我擠過來看。我剛一探出頭，猛然聽得一個蒼老的聲音喝道：「小鬼頭作什麼？」是祖父的聲音！我和二弟嚇得跑出屋子。

後來的事情，媽告訴大姊的時候，我也偷聽了一些。祖父雖然口口聲聲不認拉子婦是他三兒媳，但到底沒把三叔趕出家門。媽說，聽說三嬸「長相」很好，並且也會講唐人話。過幾天，三叔就會從山裏出來，那時祖父見了三嬸的「人品」，想來也會消消火氣的。三叔長年在偏遠的拉子村做買賣，一年裏頭難得出來古晉城一兩回。這次祖父南來，父親本來很早就寫信通知三叔，可是祖父卻早到了。

我把拉子嬸要來古晉拜見家翁的消息傳揚開去，家中年輕的一輩便立刻起勁地哄鬧起來。六叔那時已經長出小鬍子了，卻像一個池塘邊捕到一隻蛤蟆的孩子般的興奮。他喊我們到園子裏的榕樹下，兩隻小眼睛在我們臉上溜了五六回，故作一番神秘之狀才壓低嗓門說：「嘿！小老哥，曉得拉子嬸生得怎麼樣的長相嗎？」

「曉得！曉得！拉子嬸是拉子婆，我看過拉子婆！」大夥搶著答應。

六叔撇了撇嘴巴，搖晃著腦袋，帶著警告的口吻說：「拉子嬸是大耳拉子喔！」

大夥立刻被唬住了。那時華人社會中還流傳大耳拉子獵人頭的故事。我還聽二嬸說過，古晉市近郊那座吊橋興工時，橋墩下就埋了好多顆人頭，據說是用來鎮壓水鬼的。

「大耳拉子！曉得嗎？大耳拉子的耳朵好長喲。瞧，就這麼長！」六叔得意地拉著自己的耳朵，想把它拉到下巴那個位置。他咧著嘴哇的一聲哭起來：「嘿！小老哥，大耳拉子每天晚上要割人頭的呀！」

把我們唬得面面相覷了，他又安慰我們，說他有辦法「治」大耳拉子，要大夥一起「搞」她。大夥都連忙答應。

我第一個見到拉子嬸。三叔領她進大門時，我正在院子裏逗蟋蟀玩。我叫了一聲三叔，三叔笑著說：「阿平，叫三嬸。」我記得我沒叫，只是愣愣地瞪著三叔身後的女人。那時年紀還小，不曉得什麼叫「靚」，只覺得這女人不難看，長得好白。她懷裏抱著一個小娃兒。

「阿平眞沒用，快來叫三嬸！」三叔還是微笑著。那女人也笑了，露出好幾顆金牙。我忽然想起六叔的叮囑，便冒冒失失地衝著那女人喊一聲：「拉子嬸！」

我不敢再瞧他們，一溜煙跑去找六叔。不一會，六叔率領十來個姪兒姪女聲勢浩大地闖進廳中。家中大人都聚集在堂屋裏，只不見祖父。大伯說：「孩兒們，快來見過三叔和三——三嬸。」

「三叔！拉——子——嬸！」

「拉子嬸」這三個字喊得好響亮，我感到很得意，忽然覺得有點不對勁，大家好像都呆住了。我偷偷瞧爸爸他們，不得了！大人好像都生氣啦。那女人垂著頭，臉好紅。我連忙溜到媽媽身後。

大伯和父親陪著三叔匆匆走出去。孩子們立刻圍成一個大圈子，遠遠地盯住拉子嬸，偶爾有一些低聲的批評和小小的爭論。後來大約覺得拉子嬸並不可怕，便漸漸地圍攏上前，挨到她身邊。嬸嬸們遠遠地坐在一旁，聊著她們自己的天，有時還打幾個哈哈，完全沒把眼前這位貴客放在眼中。只有媽坐在拉子嬸的身邊，和她說話。媽問道：「妳是從哪個長屋來的？」拉子嬸慌慌張張地看了媽一眼，膽怯地笑一笑，才低聲答道：「我從魯馬都奪來的。」媽又問道：「店裏買賣可好？」拉子嬸又慌慌張張地看了媽一眼才紅著臉回答：「好——不很好。」我感到很詫異，媽每問她一句話，她便像著了慌似的臉紅起來。我想如果我是媽，早就問得氣餒了，但媽還是興緻勃勃地問下去。

二弟和二妹忽然在拉子嬸面前爭吵起來。先是很小聲的，漸漸地嗓門大起來。

「我早就曉得她不是大耳拉子。」二弟指著拉子嬸的耳朵說。

「誰不是？瞧，她耳朵比你的還長。」二妹說。

「呸！比你的還長！」

「呸呸！希望你長大時討個拉子婆！」

媽生氣了，把他們喝住。嬸嬸們那邊卻有一個聲音懶洋洋地說道：「阿烈啊，討個拉子婆有什麼不好呀？會生孩子喔！」大家都笑了，拉子嬸也跟著大家急促地笑著，但她的笑容難看極了，倒像是哭喪著臉一般。只有媽沒笑。

其實拉子嬸並不是大耳拉子。後來我從鄉土教育課本上得知，大耳拉子原本叫做海達雅人，集居在沙勞越第三省大河邊；小耳拉子是陸達雅人，住在第一省山林中。拉子嬸是第一省山中人，屬陸達雅族。

孩子們把拉子嬸瞧夠了，便對她懷中的娃兒發生興趣。他模樣長得好有趣，眼睛很大，鼻子卻是扁扁的。大夥逗他笑。四弟做鬼臉逗他，把他逗哭了。拉子嬸著了慌，一面手忙腳亂地哄著孩子，一面偷眼瞧瞧我媽又瞧瞧嬸嬸們。嬸嬸停止聊天，瞪著拉子嬸（其實是瞪著她的孩子）我媽說：「亞納想是要吃奶了。把奶瓶給我，我喚阿玲給妳泡一瓶牛奶。」拉子嬸紅著臉低著頭，囁嚅地說：「我給孩子吃我的奶。」她解開衣鈕，露出一隻豐滿的乳房，讓孩子吮吸她的奶頭。這時四嬸忽然叫起來：「我說呀，拉子本來就是吃母奶長大的。二嬸，妳何必費心呢？」

這時父親和三叔走進來。三叔的臉色很難看，好像很生氣，又像是哭喪著臉。我猜他們剛從祖父房裏出來。祖父沒出來吃中飯，我媽把飯菜送進他房間。

飯後，我媽把拉子嬸帶進她房裏。我想跟進去，被媽趕了出來，經過廚房時聽見二嬸在嘀咕：「吃呀就大口大口的扒著吃，塞飽了，抹抹嘴就走人，從沒見過這樣子當人家媳婦的，拉子婦擺什麼架勢……」

第二天早上，祖父出來了。他板著臉坐在大椅子裏悶聲不響。大人都坐在兩旁，半點聲息也沒有。拉子嬸站在我媽身邊，頭垂得很低，兩隻臂膀也垂在身側。媽用手肘輕觸她一下，她才略略把頭抬起來。這一瞬間，我看見她的臉色好蒼白。拉子嬸慢慢走向茶几，兩隻腿隱隱顫抖。她舉起手——手也在顫抖著：倒了一杯茶，用盤子托著端送到祖父跟前，好像說了一句話（現在回想起來，那句話應該是：「阿爸，請用茶。」）祖父臉色突然一變，一手將茶盤拍翻，把茶撥了拉子嬸一臉。祖父罵了幾句，站起來，大步走回房間。大家面面相覷，誰也不作聲，只有拉子嬸怔怔地站在大廳中央。

那天下午，三叔說要照料買賣，帶著拉子嬸回山坳去。

多年後聽媽說，當時祖父發脾氣是因爲三嬸敬茶時沒有跪下去。

第一次見面，拉子嬸留給我們的印象一直不曾磨滅。可是一直到六年後，我才有機會再見到她。那時因爲家中產業的事，父親命我進山去見三叔。我央二妹同去。

這次進山，是我和二妹六年來夢寐以求的。這段日子關於拉子嬸的訊息，全都是從山中來客那兒得知。可是，家中大人從不主動向他們探問，就是母親，我那最關心拉子嬸的好母親，也只希望客人說溜了嘴的時候，會偶然無意的透露一點關於拉子嬸的消息，因此我們所知的也就非常少。家中只曉得三嬸又多生了一個孩子，產後身體便一直很孱弱。後來有個冒失的客人在酒醉飯飽之餘，揭發了一個驚人的消息：「你們三頭家不知幾世積的德，人家十八歲的大姑娘都看上他，哈哈！如今人家碰到他都問幾時吃他的喜酒哩。」這個消息在我們家自然引起一陣騷動，但是彷彿沒有人比嬸嬸們更來勁了。她們幾個人湊在一起逢人便說，她們老早就知道我們三叔不是糊塗人，怎麼會把那個拉子婦娶來作一世老婆？不會的，斷斷不會的。我們三叔原本就是個有眼光的商人哩！除她們之外，家中其他大人都不怎麼熱心；就是我媽，也只是暗地裏嘆息兩回罷了。此時祖父已經過世，六叔出國讀書，六年前圍繞在「那個拉子嬸」身邊瞪著她的孩子們，如今都已經長大了。自從拉子嬸第一次到家中之後，大夥便常常在一起談論她。隨著年齡的增長，大夥對小時候的胡鬧都感到一點歉意。尤其是二妹，常常說她對不起三嬸，要找機會去山裡看她。我和其他的男孩子又何嘗不是有同樣的想法，只是身爲男人，不好說出口罷了。三叔進城時，大夥便纏住他，要他說三嬸的事。二妹警告他不可欺負我們三嬸。每回三叔都笑嘻嘻答應，誰想如今他竟要娶小老婆呢？

進了山，才能見到眞正的沙勞越，婆羅洲原始森林的一部分。三叔的鋪子就在這座原始森林裏。這是一個孤獨的小天地：鋪子四周只有幾十家經營胡椒園的中國人，幾里外，疏落地散佈著拉子的長屋。只有一條羊腸小徑通到山外的小鎮。這個小天地是幾乎與世隔絕。

三叔當然變得多了，兩鬢已冒出些許白髮。我們談了幾句話，正要向他探問三嬸，外面進來一個老拉子婦。三叔簡單地說：「你三嬸」。我猛然一怔，她不正是我們進舖子時看見的那個蹲在舖前曬鹹魚的老拉子婦麼？怔忡間，二妹已喚了一聲三嬸；我只好慌忙喚一聲，喚過之後，我才發覺我竟然喊她拉子嬸。她驚異地笑一笑：「是哪一個姪子叫我呀？」並沒有責怪我的意思。她還是跟六年前一樣，卑微地看著人，卑微地跟人說話。只是她的面貌變化實在太大了，我不曉得應該怎麼講，我只能說她老了二十年，像個老拉子婦。

三叔剛問起家中景況，後房忽然傳出嬰孩的哭聲。三嬸向我們歉然一笑，便向後邊走去。她的步履輕飄飄，身體看來非常孱弱。

「三叔，三嬸又生了一個娃兒？」我問。

三叔簡短地「唔」一聲，眼睛只顧盯著茶杯。

「三叔，三嬸剛生下孩子，怎麼可以讓她在太陽底下曬鹹魚呢？」二妹低聲地責怪。

三叔沒有回答。

「三叔，雇個工人也不多幾個錢吧？」二妹說。

三叔猛然抬起頭來，把稀疏的眉毛一揚，粗聲說：「阿英，你當山裏的錢容易掙麼？」

二妹默然，但我曉得她心裡不服氣。

三嬸抱著孩子出來。她解開了上衣，讓孩子吮吸她的奶頭。我忍不住瞪著那隻奶子：它就是六年前在我們家展露的那個大乳房？委實又瘦又小，擠不出幾滴奶水。娃兒緊緊地抓住它，拚命地吮著乾癟的乳頭。二妹剛開口，我就立刻瞪她一眼，搶先說：「娃娃好乖，叫什麼名字？」三嬸想回答，三叔卻粗聲粗氣地說：「叫狗仔。」三嬸默默瞧我們一眼，垂下頭。

誰也找不出話來說。不一會，外面跑進了兩個孩子：一男一女都是同款的大眼睛、扁鼻子、褐色皮膚。三叔說：「快來叫哥哥姊姊。」兩個孩子呆呆瞧著陌生人。三叔眉頭一皺，大聲說：「聽見沒有？」孩子們彷彿受了驚嚇，愣在那裏沒出聲。

「蠢東西，爬開去」三叔罵了幾句。兩個孩子便垂著頭，默默地、慢慢地走開去。三叔在後邊還不斷嘀咕：「半唐半拉的雜種子，人家看見就吐口水！」他坐在店鋪櫃檯後面罵了半天，忽然大聲說：「死在這裏做什麼？把他抱開去，我要跟阿平談正經事。」三嬸抱著孩子走了。

我把父親的話告訴三叔。他靜靜聽著，似乎不很留心。

但是我和二妹已經見到了夢寐以求一見的三嬸。我看看二妹，我明白她的心意。她恨不得立刻便去向三嬸說，我們對不起她，請求她寬恕我們小時的胡鬧；還要告訴她說，我們同情她，我們愛護她。可是我們兩個到頭來誰也沒有開口。可憐的二妹，每一次她總是說：「這回我一定要說了，不然會憋死我的。」可是每一次她總是說不出口。三嬸和她在一起時，她便強裝笑臉，說些不相干的話，彷彿心安理得的樣子。終二妹一生，她再也不會有機會說了，這會成爲她畢生憾事的。但這又何嘗不是我的畢生憾事呢？我們何止不知怎樣開口，我們後來還怕見到三嬸的身影。那一個籠罩著我們兩兄妹心頭的陰影日漸擴大，迫使我們吶喊，把所有的事，毫不欺瞞的說出來讓三叔聽，讓三嬸聽，也讓龍仔、蝦仔和狗仔三個孩子聽，還有讓那些想吃三叔喜酒的人也聽聽；然後三叔把三嬸和孩子趕回長屋，再明媒正娶，娶他那個十八歲的大姑娘進門來，這樣，一切便結束了，大家都可以鬆一口大氣。或者就讓我和二妹跟三叔大大的吵一場罷，逼他發誓和三嬸相偕到老，作一世夫妻。我和二妹卻沒有這個勇氣，而且連吶喊的力氣也沒有。大家彷彿都知道一切都將要過去了：三叔知道，那些想吃喜酒的人知道，三嬸也知道。三嬸傴僂的身子在店舖角落的陰影裏無聲無息走動著，像一個就要離去的靈魂，她會知道自己日後的命運嗎？她會知道的。但她不敢怨恨，她爲什麼要怨恨三叔呢？她是一個拉子婦。她也不會怨恨我和二妹。她對待我們非常好，但她不會說親暱的話。她管我叫「八姪」，管二妹叫「七姪女」，不像嬸娘們成天喊我「老八」，喊二妹「七妹子」，親熱得不得了。待在山裏第四天傍晚下起雨來，二妹站在屋簷下看雨。雨水打濕了她的頭髮，三嬸看見了便拿一頂草笠，靜靜走過來戴在二妹頭上，輕輕拍了拍她的肩膀。二妹後來告訴我，她那時流眼淚了，她把頭別開去，不讓三嬸看見。二妹哭著說：「她那麼愛我，我卻一直沒有對她說我愛她。」「誰叫她是個拉子呢？」我衝口說出這句不該說的話，它傷了二妹的心。但是，這是一句最實在的話：誰叫她是個拉子呢？

可憐那三個孩子，他們也知道阿爸要討小老婆嗎？也許他們心裡知道的。年紀較大的兩個兄妹整天躲在屋後瓜棚下，悄悄地玩他們的泥偶。他們不敢去看爸爸的臉，不敢去看那些想吃爸爸喜酒的支那人的臉，只敢看媽媽的，看小狗仔的。還是二妹有辦法，她把兩個孩子哄住了，我們之間建立了友誼。從兄妹口中我們問出了一些可怕的事：

「爸就是常喝酒，喝完了就抓媽來打。」小哥哥說。

「他還打我和龍仔。」小妹妹說。

「有一晚，爸又喝了酒，抱著小弟弟狗仔要摔死他，媽跪在地下哭喊，店裏的夥計阿春跑來把狗仔搶過去。」

「爸罵媽和阿春××。」

「爸常說，要把媽和我跟蝦仔、狗仔趕回長屋去。」

我該去勸三叔。我去了，但三叔只答我一句話：「拉子婦天生賤，怎好做一世老婆？」

第五天傍晚，我和二妹悶悶地在河邊散步。二妹遠遠看見三嬸蹲著搓洗衣服。我們悄悄走過去。三嬸看見我們，立刻顯露出驚惶失措的神色，想把一些東西藏起來，可是已經來不及了。我們看見那幾條褲子上沾著一大片暗紅色的血。我默默走開去。

晚上，二妹紅著臉告訴我，那血是從三嬸的下體流出來的。她告訴二妹，近來常流這樣的血。我立刻去找三叔。

「三叔，你要立刻送三嬸去醫院。」我顫抖著嗓門，一字一頓地說，儘量把字咬清楚。

「最近的醫院在二十六里外，阿平。」三叔平靜地說。他的兩隻手一邊飛快地在算盤上跳動著，一邊在帳本上記下數字。

「三叔，你不能把三嬸害死。」我大聲說，幾乎要迸出眼淚來了。

三叔立刻停下工作，抬起頭來，目光在我臉上盤旋著。他似乎很憤怒，又似乎很詫異。半晌，他霍地站起來，說：「叫你三嬸來。」

二妹攙扶著臉色蒼白的三嬸走進來。

「阿平說要送妳到醫院去。你肯去不肯去？」三叔厲聲說。

三嬸搖搖頭。

「阿平，」三叔回過頭來對我說：「她自己都不肯去，要你費心麼？」

翌辰，我和二妹告辭回家，三嬸和她的三個孩子一直送到村外。分手時，她低聲哭泣。

八個月後，三叔從山裏出來。他告訴家人，他把「那拉子婆」和她的三個孩子送回長屋去了。又過了四個月，也就是我來台灣升學的前幾天，三叔得意地帶著他的新婚妻子來到家中。她是一個唐人。

沒想到八個月後，拉子嬸靜靜死去了。

（一九七六年，本篇引自二〇〇三年修訂版）

——出自《婆羅洲之子與拉子婦》，城邦文化事業股份有限公司麥田出版事業部

導讀

李永平（一九四七～二〇一七），出生於英屬馬來西亞婆羅洲沙勞越邦的古晉城，父親是家中第一代從中國南遷的新移民。臺灣大學外文系畢業，曾任《中外文學》雜誌執行編輯，又赴美深造，獲聖路易華盛頓大學比較文學博士學位，曾於中山大學、東吳大學、東華大學任教。高中時即發表小說〈婆羅洲之子〉，獲沙勞越政府機構主辦的文學獎首獎。小說創作致力於婆羅洲與臺北的場域書寫，以及關注國族認同、族群關係、女性命運等議題。著有《拉子婦》、《吉陵春秋》、《海東青：臺北的一則寓言》，以及「婆羅洲三部曲」：《雨雪霏霏——婆羅洲童年紀事》、《大河盡頭：溯流》（上卷）、《大河盡頭：山》（下卷）等。

〈拉子婦〉（原載於《大學雜誌》第十一期，一九六八年十一月），原名〈土婦的血〉。小說以作者的故鄉為場景（沙勞越邦的古晉城），透過華人的「我」（阿平）為敘事觀點，書寫當地原住民女性嫁入華人家庭，卻遭受歧視與家暴的故事。拉子婦是「我」的三嬸，乃沙勞越邦原住民之一的陸達雅族，當地華人輕蔑稱之為「拉子」。這段異族婚姻最大的反對者，即代表家族威權的祖父，他將「土漢聯姻」視為玷辱門風，甚至潑水斥責，態度暴虐。其中潑水的背後意涵，就表層結構而言，意謂排斥原住民嫁入的行動反擊；就內在結構而言，則指涉漢人家庭對於血統與文化失去純粹性的焦慮。小說藉此反映「土華混種」為華人帶來被異族化、異類化的威脅。

小說中的拉子婦身分卑微，既是異族，又是女性，面臨雙重弱勢，一是族群的被邊緣化，二是家族的沉默者。這樁婚姻丈夫並非扮演悲劇的拯救者，反是推向深淵的施害者。當拉子婦年老色衰，加上丈夫的族裔認同逐漸傾向華人文化時，便鄙視妻與子女為「天生賤種」、「半唐半拉的雜種子」，無情地將之送回森林，異心另婚唐人女子。拉子婦最終被種族的、性別的霸權論述剝奪話語權，從頭至尾形成在場的缺席者，而最終更是無聲無息地犧牲。小說透過「我」和二妹的愧疚，顯示對拉子婦的同情。

〈拉子婦〉是李永平踏入臺灣文壇最早的成名作。本篇小說最特別的是以原住民媳婦為觀察主體，刻劃這段異族婚姻的坎坷，呈顯婆羅洲複雜的族群關係。

延伸閱讀

一、李永平：《婆羅洲之子與拉子婦》。臺北：麥田出版社，二〇一八年。
二、陳大為、鍾怡雯主編：《赤道形聲：馬華文學讀本》。臺北：萬卷樓圖書公司，二〇〇〇年。
三、黃錦樹：《雨》。臺北：寶瓶出版社，二〇一六年。
四、張貴興：《野豬渡河》。臺北：聯經出版社，二〇一八年。
五、迪索・布麥特斯導演：「香料共和國」。臺北：迪昇數位影視有限公司，二〇〇四年。

問題與討論

一、華人身處於馬來西亞這樣一個多元種族、多元文化的社會裡，如何建構自我的族群文化，以及強化自我的族群認同，是一個相當重要的課題。請問小說中「我」的祖父為何反對三叔與拉子嬸的婚姻？
二、小說中的三叔為何始亂終棄，異心另婚唐人女子，無情地將拉子嬸與三個子女送回森林長屋中？又「我」和二妹對拉子嬸為何懷有愧疚與歉意？
三、小說中置入雜種與純種的衝突議題、森林與城鎮的空間視角，請說明其背後的意義？

林秀蓉老師撰

十一、眷村歲月的母親

Liglav A-wu（利格拉樂・阿𡠄）

課文

小時候，我們家就住在空軍基地旁的眷村裡，約三十多戶的住家，全部擠在一塊不算大的空地上。六〇年代曾經豐功偉業的「老母鷄」，每天喧嘩地從村子的上空緩緩滑過，然後再慢慢地降落在機場上，我與妹妹常常攀越過劃分村子與機場間唯一的一道小矮牆，遠遠地指著停機坪上的「老母鷄」說，那麼笨重的巨鳥在天空上飛，爲什麼不會掉下來呢？甚至還因爲問了這個笨問題，而遭到住在隔壁開「老母鷄」的伯伯臭罵一頓。

在眷村裡住了將近十年，印象中只記得在過農曆年的時候，小小的眷村總會熱鬧個好幾天，厚厚的鞭炮屑像踩在雪地上，掃幾個小時都掃不完；此外，就是幾乎每個人都會摸麻將，方城之戰的「碰」聲在村子裡可說是不絕於耳。除此之外，其他的回憶可說是不多，所謂的回憶包括了童年玩伴不多、生活圈的狹窄等等，這個問題在我心裡徘徊了好久，尤其是在聽到朋友們描述童年的玩伴及回憶時，我就不斷地回想：爲什麼自從國小搬離眷村後，不曾連絡過任何童年的朋友，所有的印象就像突然斷了線的風箏般找不到痕跡呢？這幾年由於做田野調查的關係，常有機會回部落與母親聊過去的事情，無可避免地自然會談到小時候，在母親的牽引下，回憶像開閘的野獸，一件一件地想起來，同時也一口一口地啃蝕著我：終於知道爲什麼沒有玩伴？爲什麼生活圈除了學校就是家裡？悶在心裡的問題於是都有了答案，因爲：我有個原住民的母親。當時眷村裡的孩子根本就不屑與我和妹妹做朋友，於是我們除了上學，就只敢待在家裡，因爲會被欺負，通常他們就叫我們「山地人的孩子」。

六〇年代是許多外省老兵心碎的年代。在知道反攻大陸無望，老婆、孩子都在彼岸，不知道何時才能跨過這一條又深又險的「黑水溝」，探一探老家一切可安在？更不知道什麼時候會客死他鄉，無依而終？於是都想找個女人，生幾個又白胖又壯碩的男丁好傳宗接代；就是在那樣的年代裡，大批的媒人、掮客湧入原住民部落，做起「婚姻買賣」的生意，母親便是如此進入了眷村。當時村子裡只有母親與另一位阿姨是原住民嫁作外省婦，其他的不是隨老兵顛沛流離來到臺灣的原配，便是精明兇悍的閩南籍婦女，無疑地，母親與阿姨在眷村中便是弱勢兼少數了。母親回憶說，那個時候許多眷村正流行著娶原住民少女，除了眞正想要在臺灣這塊土地上定根而結婚之外，還有那麼一小部分的人，是因爲見到原住民少女的姿色，便興起娶小老婆的意念，因此眷村裡這一群曾經跟隨老兵出生入死，卻風華不再的外省籍婦女，每當見到原住民少女時就像是見到了豺狼虎豹般，急急忙忙地要把老伴拴好，免得被吃了（這是母親的形容詞）。

「番婆」、「山地人」早已是母親習以爲常的稱呼，儘管與父親語言不通、習慣不同，但是爲了尚在襁褓的小女兒們，母親仍是咬著牙撐過在眷村中最難過的頭幾年；慢慢地，濃厚的外省腔她聽得懂了，滿是辣椒、大蒜的菜她也吃得下了，彷彿一切都可以習慣了，但是村子裡有色的眼光仍像母親身上排灣族的膚色一樣，怎麼努力也洗不掉。黑色的眼光不但照射在母親的身上，也同時投射在我們幾個小孩的童年印象裡，「山地人的小孩會吃人喔！」的謠言，不斷重複地出現在我黑色的童年裡。保護子女應該都是人的天性吧！儘管別人如何地污衊母親，她卻不允許她的孩子受到一絲委屈，在幾次我與妹妹帶傷回家之後，母親便嚴格地禁止我們再與眷村的孩子玩耍，也不只一次地諄諄告誡身爲長女的我，要確實盡到保護妹妹安全的責任，雖然如此，我們卻仍是不時帶著傷回家，在每次母親爲我們包紮傷口的同時，我也看到母親的眼淚落下。

我坐在母親的面前，聽著這一段段發生在小時候的事情，於是我慢慢地也想起另一幅畫面，似夢幻似眞實，不禁衝口而出地問：「我是不是曾經在水溝裡找到過你和另外一位阿姨？」母親突然愣住了，過了彷彿有一世紀那麼長，她才緩緩地說：「對呀！因爲你們姊妹有一次又被鄰居的小孩欺負，哭哭啼啼地跑回來告訴我，我就跑去找他們的媽媽理論，沒想到，幾個鄰居的太太全跑來打我一個，因爲那時候你父親不在，其實她們早就想打我了，因爲我是山地人啊！」只因爲「山地人」這三個字，母親就被拖到村外痛打了一頓。我還記得那時候我好小，當我跌跌撞撞、村裡村外遍尋不著母親時，卻意外地在眷村外的大水溝裡找到了滿身污泥的母親。二十年後，在部落老家的院子裡，母親像沒事般地娓娓訴說著曾經受到的苦難，我卻已是泣不成聲。

這是一個眞實的故事，發生在我的家庭及成長的歷程中，母親的世界是單純而善良的，她從來不曾告訴過我「種族歧視」這四個字，反而因爲她身上流著原住民的血液而自卑不已。並深深地爲著子女所遭受的不公平待遇愧疚。身爲一個原住民，我一直堅定地相信種族歧視在臺灣是存在的，卻從來沒有像這件事讓我如此震撼過；而同時身爲女性，我也常深刻地感受到社會上普遍存在的性別歧視，卻忘了也有同性歧視；在汲汲追求種族與性別平等的爭辯中，我完全忽視了如母親般這一群弱勢又少數中的弱勢，在社會變遷與外來文化的衝擊下，她們不但喪失了在原來族群社會中的地位，同時還要承受來自異族間的種族歧視、同族間的性別歧視及異族同性間的階級歧視；種族、性別、階級的三重壓迫，同時加諸在原住民女性的身上，難道這就是「文明」嗎？

部落在象徵祖靈的太陽下暖烘烘地曬著，母親突然開口說：「回到老家，眞好！」自從父親過世後，母親便遷回部落與外婆住，離開都市的母親，多了一分輕鬆與自在的神情，不用害怕再要面對外人有色的眼光，母親與部落在祖靈的護衛下，顯得美麗而寧靜。只是，這個部落又能庇佑百步蛇的子孫多久呢？我聽到怪手正在怒吼著，那是資本家正在部落外二公里處，爲開發新的觀光資源而動工著，原本在山上工作的部落少年，爲了較多的收入，放棄了祖先留下的小米田，紛紛投入開發的工作了，但卻不知道那正是部落的水源地啊！我不禁害怕，部落外這一批又一批的文明獸，如此蓄勢待發的準備一擁而上，這樣美麗與寧靜的部落，還能維持多久？

導讀

Liglav A-wu（利格拉樂・阿𡠄，一九六九～），漢名是高桂蕙。排灣族布朱努克部落出生，屏東縣來義鄉文樂村人。大甲高中畢業後，曾與瓦歷斯・諾幹合作推廣原住民文化，出版《獵人文化》雜誌，為臺灣原住民運動寫下歷史，長期關注並投入原住民女性史、部落史之田野工作。著有散文集《誰來穿我的美麗衣裳》、《紅嘴巴的VuVu》、《穆莉淡Mulidan：部落手札》、《祖靈遺忘的孩子》，及兒童繪本《故事地圖》，並編有《一九九七原住民文化手曆》等。

本文〈眷村歲月的母親〉原收錄於一九九六年出版的《誰來穿我的美麗衣裳》，後來輯入二○一五年出版的《祖靈遺忘的孩子》散文集中。內容主要述及作者「我」回想國小前居住在眷村的印象，卻發現記憶模糊。直至有次進行部落田野調查時回家與母親對話後才逐漸找回那些回憶，而問題的癥結點只是因為「有個原住民的母親」。作者以自傳式書寫剖析這個發生在她的家庭及成長歷程中的真實故事，因為隨外省父親居住在眷村的母親身上流有原住民的血液，當時眷村裡的孩子根本不屑與作者姊妹交朋友，還常說著「山地人的小孩會吃人喔」的謠言。作者的母親單純而善良，但保護子女是人的天性，她不允許自己的孩子受到一絲委屈，但卻也深深為子女遭受的不公平待遇愧疚。直到回到部落被陽光曬著時，母親才開口說：「回到老家，真好！」不過讓作者擔憂的是：這部落還能保護百步蛇的子孫多久呢？部落外有怪手在開發觀光，山上的部落少年紛紛投入開發的工作，作者憂心的是這些無窮盡的「文明獸」正步步朝部落逼近。除此之外，身為原住民女性作家，她更深刻感受種族、性別、階級的三重壓迫，同時加諸於原住民女性身上，難道這就是「文明」嗎？如同日本大學文理部山口守教授探討利格拉樂・阿𡠄於「主體　母語　寫作」的序文中提到她「試圖利用自我決定權去創造出主體性的構築條件，恐怕她的這種強烈意志，恰恰就是創造出原住民漢語文學的新生力量。」

阿媽在她另一篇文章〈我的母親——穆莉淡〉也曾提到住在眷村與回到部落的母親面對身份轉變而招致異樣眼光對待的生命歷程。從〈眷村歲月的母親〉到〈我的母親——穆莉淡〉，阿媽回憶的母親，是一位擔心被祖靈遺忘的孩子。所以當辦完父親後事，她的母親決定帶著小妹，回到了她曾經發誓再也不回去的故鄉，開始面對另一個社會對於女性的挑戰。母親說：「**我用五年的時間才讓部落裡的老人，想起那個他們口中的『曾經有一個女孩……，也用了當初我離開部落再乘於百倍的精力，讓祖先想起好久好久以前就離開部落的那個孩子，因爲這個過程很累、很辛苦，所以我再也不敢離開家了。**」對作者或其母親而言，離開部落到另一個社會，再從一個社會回到部落，都是不同的生命挑戰；但過程中作者在延續母親想回部落的勇氣，更在找尋原民女性對於自我身份的認同，這是原住民文學中特別的書寫與聲音。於是利格拉樂　阿媽透過其散文記述剖析家族與個人生命史歷程，記錄原住民社會裡女性角色的困頓與「堅忍」，也在提醒離開部落的年輕族人，是該找時間回家了！

延伸閱讀

一、利格拉樂・阿媽：〈我的母親——穆莉淡〉，《祖靈遺忘的孩子》。臺北：前衛出版社，二〇一五年十二月。

二、利格拉樂・阿媽：《穆莉淡Mulidan：部落手札》。臺北：女書文化，一九九八年十二月。

三、朱天心：〈想我眷村的兄弟們〉，《想我眷村的兄弟們》。新北市：印刻文學，二〇〇二年六月。

問題與討論

一、何謂「臺灣原住民文學」？什麼樣的作品才能算是「臺灣原住民文學」呢？你曾經讀過或聽過那些臺灣原住民作家，請嘗試查詢並探討他們作品的內容及特色。

二、臺灣擁有豐富多元的族群文化，請嘗試比較不同族群的文學書寫與文化特色。

黃文車老師撰

十二、臺灣古典詩選

課文

一、《赤嵌集》選讀

孫元衡

〈過他里霧〉

翠竹陰陰散犬羊，蠻兒❶結屋❷小如箱。年來不用愁兵馬，海外青山盡大唐❸。
舊有唐人三兩家，家家竹徑自迴斜❹。小堂蓋瓦窗明紙❺，門外檳榔新作花。

❶蠻兒：漢人對中國南方少數民族的鄙稱，這裡乃借指他里霧社平埔族人。

❷結屋：構建屋舍。

❸大唐：原詩有註「番人稱內地為唐。」故稱「漢人」為「唐人」。本句「海外青山盡大唐」，意喻當時的臺灣已為清朝領地，亦如同昔時盛唐景象一般，和樂昇平。

❹迴斜：斜，音ㄒㄧㄚˊ，指小徑曲折彎曲繞行之意。

❺小堂蓋瓦窗明紙：小堂，泛指房屋正廳，此指整個房舍整體。本句是說房屋蓋上屋瓦，窗戶貼上潔淨的白紙。

導讀

孫元衡，字湘南，安徽桐城人。生卒年不詳。貢生，曾任四川漢州知州。康熙四十四年（一七○五）轉任臺灣府海防同知。隔年兼署諸羅縣知縣，以善持政。康熙四十六年（一七○七），改任臺灣府臺灣縣知縣。期滿，再轉任山東東昌府知府。《大清一統志》稱他「性剛正，諸不便民事悉除之。歲大饑，令商船俱以運米，多者重其賞，否則罰；於是南北客艘雲集，米價頓減，民得不饑。」此記載雖未必與臺灣有關，卻可見其為政能力。著有《赤崁集》，共收錄三百六十首古典詩作品，半數以上以描繪臺灣風土物產為主。蔣陳錫序其文稱：「詩人所至，閱歲歷時，目覽耳聞，皆歸篇什，使其山川、人物、飲食、方隅以及草木、禽魚，無不吐其靈異而發其光華。」後連橫在其《臺灣詩乘》中也提到：「臺灣遊宦之士頗能詩，而孫湘南司馬之《赤崁集》為最著。」可知，孫元衡「以詩證事」的書寫內容與手法，正好為清領前期臺灣社會留下珍貴的歷史記錄。

〈過他里霧〉為七言絕句組詩，原收入《赤崁集》卷一，後收錄於《全臺詩》第壹冊。詩題〈過他里霧〉，指的是孫元衡經過斗南地區的親身見聞。「他里霧」原指平埔族「他里霧社」（即今雲林縣斗南鎮內），此處引申做為該社周邊地區。康熙四十五年，孫元衡以臺灣府海防同知之銜，兼攝諸羅縣令，當時他里霧地區即屬其所轄之地，因此詩作內容多有考察轄區民情風土之記錄。以本組詩作內容而言，第一首記寫「他里霧社」平埔族的居家景致，第二首則描寫漢人的屋宅風光，同組詩中呈現不同族群的百姓生活日常，「蠻兒結屋」、「蓋瓦窗紙」可見原漢兩族的居住風格，但「門外檳榔新作花」則透顯族群交融的景象；如此凸顯該地區和樂生活樣貌，似乎更呼應了「海外青山盡大唐」的國恩遠播、四海昇平意象。

延伸閱讀

一、孫元衡：〈還過他里霧〉，《全臺詩》第壹冊。臺南：國立臺灣文學館，二〇〇四年二月。
二、孫元衡：〈西螺北行〉，《全臺詩》第壹冊。臺南：國立臺灣文學館，二〇〇四年二月。
三、黃叔璥：〈壬寅仲冬過斗六門作〉，《全臺詩》第壹冊。臺南：國立臺灣文學館，二〇〇四年二月。
四、范咸：〈北行雜咏〉十二首之八，《全臺詩》第貳冊。臺南：國立臺灣文學館，二〇〇四年二月。

二、〈摩達山植物〉詩四首

林景仁

〈爪哇茶〉

大瓢例牛飲，清味遜龍陂❻。絕域君方盛，神州種已衰。

〈加非〉

馞馞❼香盈把，纍纍子滿枝。炎荒少紅豆，贈此替相思。

---

❻龍陂：茶名。《茶史》有言：「中國浙江湖州長興縣顧渚山，產茶精美絕倫，茶種有紫筍、懶筍、龍陂山子等名，為浙茶之冠。」

❼馞馞：香氣濃郁之意。馞，音ㄅㄛˊ。

〈金雞納霜❽〉

有生必有克，癘鄉治瘧樹。勝呼石虔❾名，如誦杜陵句❿。

〈椰〉

故事傳林邑，千金買舊仇。至今留飲器，猶似越王頭⓫。

導讀

林景仁（一八九三～一九四〇），臺灣板橋首富林爾嘉長子，生於臺灣，成長於中國；擁有

❽金雞納霜：即是奎寧（Quinine），屬於南洋特產，乃是防治熱病的特效藥。

❾石虔：晉桓石虔，時人有呼「石虔」名可治瘧之說。《晉書．桓彝列傳》：「時有患瘧疾者，謂曰：『桓石虔來』以怖之，病者多愈，其見畏如此。」

❿杜陵句：指的是吟誦杜甫詩句可以治療瘧疾。杜詩治瘧最早見於《樹萱錄》：「杜子美自負其詩，鄭虔妻病瘧，過之云：當誦予詩，瘧鬼自避。初云『日月低秦樹，乾坤繞漢宮』；不愈，則誦『子章髑髏血模糊，手提擲還崔大夫』；又不愈，則誦『虬須似太宗，色映塞外春』。若又不愈，則盧扁無如之何。」

⓫越王頭：南洋地區「椰子」的別稱。晉朝嵇含《南方草木狀》卷下記載椰樹「其實大如寒瓜，俗謂之越王頭云。昔林邑王與越王有故怨，遣俠客刺得其首，懸之於樹，俄化為椰子。林邑王憤之，命剖以為飲器。南人至今效之。當刺時，越王大醉，故其漿猶如酒。」

日本國籍，娶妻印尼棉蘭（**Medan**），最後死於滿州國。林景仁深諳國故，兼具外語專才，長期往來臺灣、中國之間。身為臺灣板橋林家長子之特殊身分，承繼家族「政商兩棲、義利合一」的經營風格。後來迎娶「南洋華僑第一偉人」張耀軒的女兒張福英為妻。張家為印尼客裔土生華人（**Peranakan**，男性稱為峇峇，女性稱作娘惹），林景仁從一九一四年起便帶著妻子多次往返廈門和棉蘭之間，除了進行南洋商務考察外，更利用時間遊覽風景名勝。自一九一五年起，林景仁與張福英長時間待在南洋，直到一九二三年才返回中國。在南洋八年期間，林景仁活躍於中國、臺灣與南洋棉蘭、新加坡等地，更完成了《摩達山漫草》、《天池草》兩本詩集。《摩達山漫草》和《天池草》除了書寫南洋風土民情之外，也是其個人在異域心境際遇的抒發和對中國、臺灣兩地情感的投射，更涉及南洋地區漢詩人圈的考察。

林景仁《摩達山漫草》詩集中有關「摩達山」的詩作，多描寫摩達山當地土著摩達（**Batak**）族的生活與風俗等事。「摩達山」即**Brastagi**，林景仁另有詩題稱之為「勿拉士答宜埠」，當地人也稱之「馬達山」，位於印尼棉蘭南部大約六十八公里處加羅高地（**Karo Highlands**）上的山城。本組詩〈摩達山植物四首〉選自《摩達山漫草》中的《林小眉三草》，從詩題可知林景仁主要描寫於印尼達摩山所見之南洋植物果物四種：爪哇茶、咖啡、金雞納霜和椰子。透過林景仁的詩作來看熱帶雨林的野生植物或南洋水果，可以發現詩人從中國的品茗、紅豆相思記憶出發，跨界看見南洋咖啡、金雞納霜，最後則從南洋椰子，寫回中國百越的傳說故事。如此可知，詩人的生命關照與文化記憶，常在中國、臺灣與南洋間徘徊游移。

品茗是中國文化中相當精細的部分，林景仁在〈爪哇茶〉中將爪哇茶與中國傳統的功夫茶相較，不論是飲用方式或茶湯滋味，「爪哇茶」自是遜色神州好茶許多。詩人在此更感受「蠻種」與盛，反思中國國勢與文化之積弱與式微。〈加非〉一詩描述的即是「咖啡」，大約在一六九〇年左右荷蘭人便開始在爪哇試種咖啡，並鼓勵華人移民種植。十八世紀末巴達維亞（今雅加達）華人公館的原始檔案《公案簿》中，就可以看到「高丕」（Kopi）和「戈丕」（Gepi）這兩個詞，推測這和當時下南洋的移民大都是福建閩南人有關。爾後，《東西洋考每月統記傳》在介紹南洋物產時多次使用「咖啡」這個寫法，但其中也有出現「加非」、「架非」、「茄非」等不同寫法。可見，林景仁所寫的「加非」，是當時南洋華人偏好用字而非誤寫，至於發音便視不同方言群的華人而定了。林景仁的「加非」書寫，用以呈現詩人在南蠻炎荒的情思，轉寄其濃厚的中國相思情緒。

〈金雞納霜〉寫的是南洋特產奎寧（Quinine），此為防治熱病的特效藥。林景仁引用古人「呼桓石虔來，可以斷瘧」或吟誦杜少陵詩句而「瘧鬼自避」典故。林景仁這首〈金雞納霜〉則幽默地玩笑古人迷信口號、文字治瘧力量，倒不如相信金雞納霜治瘧的實際療效。

最後一首〈椰〉，林景仁透過嵇含《南方草木狀》所載林邑王與越王夙有恩怨，遣刺客砍下越王頭顱懸於樹上化為椰子，後林邑王更剖以為飲器的傳說，將椰樹幻化成野蠻與血腥的圖像。其實《摩達山漫草》序文早已提及摩達山「**夢雨多靈，輝雲善幻，林邑之鳥，唯見結遼；波斯之蛇，無非活蟒。椰飛猿子之頭，棕散天魔之髻。**」當地細雨迷濛，常有神靈夢幻之境；椰子與人頭的神秘傳說，棕櫚樹葉形如散髮天魔，整個南洋充滿詭譎想像，如此透顯的是這位來自臺灣、中國的華人詩人對於這個曾是中國藩屬異域無處不在的「隔」。余美玲認為林景仁這趟「圖南」之行，其實是帶著舊的傳統文化思想，到南洋開拓屬於自己的「新天池」。從這個角度來看，他的南洋書寫，也成了另一種文化遺民的自我表述。

延伸閱讀

一、余美玲選註：《林景仁集》。臺南：國立臺灣文學館，二〇一三年十一月。

二、張福英著、葉欣譯：《娘惹回憶錄》。臺南：國立臺灣文學館，二〇一七年八月。

問題與討論

一、清領臺灣時期臺灣的古典文學包括那些作品？不同時期的書寫者與作品可以凸顯與發現怎樣的內容與特色？

二、從孫元衡〈過他里霧〉或其他參考作品可以發現清領時期臺灣不同族群的文化與相處情形為何？

三、日治時期臺灣的重要家族有哪些？請就你印象中或有興趣的人物或事件進行討論。

四、林景仁《摩達山漫草》或張福英的《娘惹回憶錄》提供讀者怎樣的南洋視野？對於臺灣文人或南洋女性而言，這些書寫傳達怎樣的時代意義？

黃文車老師撰

單元五　歷史承傳

十三、詠史二十首　節選／王國維

十四、蒲公英的歲月／余光中

十五、我的姓氏／向陽

十三、詠史二十首　節選

王國維

一

回首伊蘭❶勢渺茫，西來種族幾星霜。何當❷踏破雙芒屐，卻上昆侖❸望故鄉。

五

二帝❹精魂死不孤，稽山❺陵廟似蒼梧❻。耄年未罷征苗旅，神武❼如斯曠代無。

❶伊蘭：即伊朗，舊稱波斯。伊朗語意為光明，古波斯人自稱為伊蘭。
❷何當：何時。
❸昆侖：昆侖山。據《周禮．春官．大宗伯》鄭玄注：「禮地以夏至，謂神在昆侖者也。」昆侖山為漢族神話中眾神所居之地，也象徵世界的中心。
❹二帝：舜和禹。
❺稽山：為會稽山。大禹東巡時，至會稽而崩，後人建廟於會稽山前。
❻蒼梧：即蒼梧山，一名九疑山，在今湖南寧遠縣南。相傳為舜帝南巡駕崩之處。
❼神武：詩中指聰明睿智的君主。

十三

三方❽並帝古未有，兩賢相厄❾我所聞。何來灑落樽前語，天下英雄惟使君❿。

十七

南海商船來大食⓫，西京⓬祆寺⓭建波斯。遠人盡有如歸樂，知是唐家全盛時。

二十

東海⓮人奴⓯蓋世雄，卷舒八道⓰勢如風。碧蹄⓱倘得擒渠返，大壑⓲何由起蟄龍⓳。

❽三方：指三國魏、蜀、吳。

❾相厄：互相為難。

❿使君：指劉備。據《三國志》載，曹操與劉備對飲時曾言：「今天下英雄，唯使君與操耳！」

⓫大食：波斯語的音譯。原為一伊朗部族之稱。唐以後，用以稱阿拉伯帝國。

⓬西京：指長安。

⓭祆寺：信奉祆教，祭祀火神的寺廟。

⓮東海：日本位於東海之濱故稱。

⓯人奴：指豐臣秀吉，曾為織田信長的從僕。

⓰八道，指朝鮮國的京畿道、平安道、黃海道、江原道、慶尚道、全羅道、忠清道、咸鏡道，八個行政區域。

⓱碧啼，碧啼館，朝鮮驛站名。

⓲大壑：見《莊子　天地》：「夫大壑之為物也，注焉而不滿，酌然而不竭。」今指大海。

⓳蟄龍，喻指滿清。王氏自注：「明敗於朝鮮而國朝始興。」

庚子三月以事留滯武林，病風苦咳，不能讀書，輒拈筆詠古，得二十絕句，錄呈嘯桐先生正。王國維草。

導讀

王國維（一八七七～一九二七），字伯隅，號觀堂，人稱靜安先生。浙江海寧鹽官鎮人氏。為斐聲中外的學者、詩人。在戲曲、考古、史學、古文字、小說、美學、哲學方面均有卓越的論著，學貫中西，令人嘆為觀止。郭沫若譽其《宋元戲曲考》與魯迅《中國小說史略》為文學史研究之雙璧，對近代中國思想及學術的影響深遠。

王國維自幼熟讀古代經典，其父王乃譽課子甚嚴，富有金石書畫考古等收藏愛好，遊歷豐富，著述亦夥。王國維即秉承其廣泛博覽的興趣與獨立自學的精神。在晚清西風東漸，國是頹唐的動盪時代下，年輕的學子對西方文化求知若渴，學習外語和留學之風炙熱，王國維為學習西方學術，進入羅振玉主持的「東文學社」就讀，同時為謀求生計，也在上海梁啟超主辦的《時務報》擔任校對。

〈詠史二十首〉約是王國維於一八九八年，即二十二歲赴上海之後所做，生前並未刊行。目前流傳兩種版本，文字稍有出入。本文選自浙江教育出版社《王國維全集》，其所據乃王國維致友人信函中之手稿；另一為吳宓於一九二八年刊載於《學衡》雜誌上之版本，篇末附記乃輾轉得之於羅振玉先生。

此詩組內容為絕句二十首，分別吟詠中國歷代幾個重要時期，從華夏民族源頭，三皇五帝勳績，征伐蠻夷土著，歷經漢唐盛世，三國英雄、南北文武，及宋元明清異代之消長。中國歷史綿延，在後半段的詩裡，有很大比例著重於民族興衰與中外關係的交涉。由於王國維經歷甲午戰爭、戊戌政變、庚子八國聯軍，驚濤駭浪的烽煙，使其沈靜憂鬱的心靈，更為深邃地探索歷史過往，不放棄對傳統的守護。也因受到羅振玉的影響，使他專心回歸古典，勵精圖治。身為大清朝的一份子，他企圖從古老的文獻文物中再度檢視華夏文明的遺軌，尋找自我更新和救亡圖存的途徑。

晚清時期，西方學者曾提出「中國人種西來說」，主張中國文字文化源自兩河流域的巴比倫。王國維似乎也採納了這樣的觀點，在第一首詩中他說「回首伊蘭勢渺茫」，認為華夏民族自西而來，經歷艱難的遷徙，才到了神仙所居的昆侖山。昆侖山作為漢族神話的仙界，世界的中心，在那裡，可以遙望最初的原鄉。此詩一開始對故鄉的追溯，實際上也是對自身血源的窮索；而上古史中的舜和禹，其神武英明，勤政賢能，被人傳誦不斷，則是王國維在亂世中仰望聖哲的真實寄託。

三國的英雄人物，南北朝的領袖風采，漢武唐皇的勳業，中國人睥睨世界的全盛時期；卻見兩宋文弱拒外，在蒙古可汗揮軍直壓歐洲大陸之際，歷史又鮮明了起來，而明末日本侵略朝鮮，海上強權此消彼長的風雲裡，大清帝國悄悄地如一條蟄伏的巨龍，在古老的大地上延續著華夏的文明。這組詩的最後一首，寫到清帝國的誕生，緣於中、日、韓的彼此交戰。王國維被視為前清遺老，終生蓄辮，五十歲投湖自沈，死因成謎。然而其對歷史的反思，視野之遼闊，絕不僅僅侷限於中國境內，而是擴及國與國之間的融合與競爭，可見當時的中國知識份子，在西方船堅炮利的侵凌之下，企圖打開洞悉世界的智慧之眼，追求國家進步，恢復民族的自信，是從瞭解自身的歷史開始，尋根探原，鑒往知來。

延伸閱讀

一、王國維：〈詠史五首〉，《王國維詩詞箋注》。上海：上海古籍出版社，二〇一三年一〇月。

二、王鼎鈞：《碎琉璃・失樓台》。臺北：九歌出版社，一九七八年三月。

問題與討論

一、中國古代歷史，你對哪一個朝代最感興趣？為什麼？你知道哪些歷史人物，他們對國家民族有何貢獻？

二、歷史對人類有何作用？你知道如何探索自己的歷史嗎？你會怎麼做？

三、王國維的時代，國家衰微，當時的青年和知識份子做了哪些企圖改變頹勢的事情？請舉例說明。

朱書萱老師撰

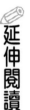

十四、蒲公英的歲月

余光中

課文

「是啊，今年秋天還要再出去一次，」對朋友們他這麼說。

而每次說起，他都有一種虛幻的感覺，好像說的不是自己，是另一個人。同時又覺得有解釋清楚的必要，對自己，甚於對別人。好像一個什麼「時期」就要落幕，一個新的，尚未命名的「時期」正在遠方等他去揭紗。好像有一扇門，狻猊❶怒目啣環的古典銅門，挾著一片巨影，正向他闢來，轆轆之聲，令人心悸門外，車塵如霧，無盡無止的是浪子之路，伸向一些陌生的樹和雲，和更陌生的一些路牌。每次說起，就好像宣佈自己的死亡一樣。此間事，在他走後，就好像身後事了。當然，人們還會咀嚼他的名字，像一枚清香的橄欖，只

❶狻猊：中國古代神話傳說中的神獸，形如獅子。

是橄欖樹已經不在這裡。對於另一些人，他的離去將如一枚齲齒之拔除，牙痛雖癒，口裡空空洞洞的，反而好不習慣。眞的，每一次出國是一次劇烈的連根拔起，自泥土，氣候，自許多熟悉的面孔和聲音。而遠行的前夕，凡口所言，凡筆所書，都帶有一點遺囑、遺作的意味。於是在國內的這段日子，將漸漸退入背景之中，記憶，冉冉升起一張茫茫的白網。網中，小盆地裡的這座城，令他患得患失時喜時憂的這座城，這座城，鋼鐵爲骨水泥爲筋，在波濤浸灌魚龍出沒藍鼾藍息的那種夢中，將遙遠如一缽小小的盆景，似眞似幻的島市水城。

所以這就是歲月啊千面無常的歲月。掛號信國際郵簡車票機票船票。小時候，有一天，他把兩面鏡子相對而照，爲了窺探這面鏡中的那面鏡中的這面鏡中，還有那面這面鏡子的無窮疊影，直至他感到一種無底的失落和恐懼。時間的交感症該是智者的一種心境吧。三去新大陸，記憶覆蓋著記憶之下是更茫然的記憶，像楓樹林中一層覆蓋一層水漬浸蝕的殘紅。一來一往，親密的變成陌生的成爲親密，預期變成現實又變成記憶。當噴射機忽然躍離跑道，一刹那告別地面又告別中國，一柄冰冷的手術刀，便向歲月的傷口猝然切入，靈魂，是一球千羽的蒲公英，一吹，便飛向四方。再拔出刀時，已是另一個人了。

儘管此行已經是第三度，儘管西雅圖的海關像跨越後院的門檻，儘管他的朋友，在海那邊的似乎比這邊的還多，儘管如此，他仍然不能排除跳傘前的那種感覺。畢竟，那是全然不同的一個世界。因爲一縱之後，他的胃就交給冰牛奶和草莓醬，他的肺就交給新大陸的秋天，髮，交給落磯山的風，茫茫的眼睛，整個付給青翠的風景。因爲閉目一縱之後，入耳的莫非多音節的節奏，張口莫非動詞主詞賓詞。美其名爲講學爲顧問，事實上是一種高雅的文化充軍。異國的日曆上沒有清明，端午，中秋和重九，復活節是誰在復活？感恩節感誰的恩？情人節，他想起天上的七七，國殤日，他想起地上的七七。爲什麼下一站永遠是東京是芝加哥是紐約，不是上海或廈門？

二十年前來這島上的，是一個激情昂揚的青年，眉上睫上髮上，猶飄揚大陸帶來的烽火從瀋陽一直燎到衡陽，他的心跳和脈搏，猶應和抗戰遍地的歌聲嘉陵江的濤聲長江滔滔入海浪淘歷史的江聲。二十年後，從這島上出發的，是一個白髮侵鬢的中年人，狼煙在對岸，長江的濤聲在故宮的卷卷軸軸在一吟三歎息的「念奴嬌」裡，舊大陸日遠，新大陸日近。他鄉生白髮，舊國見青山。可愛的是舊國的山不改其青，可悲的是異鄉人的髮不能長保其不白。長長的二十年，只有兩度，他眺見了舊國短短的青山，但那是隔著鐵絲網，還持著望遠鏡。第一次在金門。望遠鏡的彼端是澹澹的煙水，漠漠的船帆，再過去是廈門的青山之後仍是渺渺的青山。十二年前廈門大學的學生，鼓浪嶼的浪子，南普陀的香客，誰能夠想到，有一天會隔著這樣一灣的無情藍，以遠眺敵陣的心情遠眺自己的前身？母校，故宅，回憶，皆成爲準星搜索的目標，一五五加農炮的射程。卡車在山的盲腸裡穿行，山的盲腸，回憶的盲腸。司令官在地下餐廳以有名的高粱饗客，兩面的石壁上用敵人的炮彈殼飾成雄豪的圖案。高粱落到胃裡，比炮彈更強烈，血從胃底熊熊燒起，一直到耳輪和每一個髮根。那一夜，他失眠了，血和浪一直在耳中呼嘯。

第二次在勒馬洲。崖下，陰陽一割的深圳河如啞如聾地流著。一條忘川，毒川，血川，極盡其可歌可泣的淚川自冥府的深處蜿蜿流來，似不勝絕望與恐怖之重負。但白茫茫的水面什麼也不見，這是無船，無橋可渡的奈河，亡魂們徒哭奈何奈何奈何！有時是一條河，有時是一堵牆，有時是一根看不見的緯線，自由和集權的邊界是再也縫不攏的一道傷口，綻開在人類的臉上。但即使是機關槍加上鐵絲網加上警棍警犬和厲嘯的警車，即使殷紅的深圳河蜿蜒成吸血的毒蟒，仍然擋不住五月逃亡的巨潮。健忘的是風景。大悲劇之後山色猶青著清朝末年的青青，而除了此岸的鷓鴣無辜地咕呼彼岸的鷓鴣，四野沉沉，再也聽不見一聲驚惶的呼救。當天下午，去沙田演講，手執三角旗的大學生在火車站列隊歡迎。擁擠的大課室裡，許多耳朵在咀嚼他的國語，許多眼睛有許多反光反映著他的眼睛。二十年前，他也是那樣的一雙眼睛。二十年前，他就住在銅鑼灣，大陸逃來的一個失學青年，失學，失業，但更加嚴重的是失去信仰，希望，面對一整幅陰黯的中國，和幾幾乎中斷的歷史。但歷史是不會中斷的，因爲有詩的時代就證明至少有幾個靈魂還醒在那裡，有一顆心還不肯放棄跳動。因爲鼾聲還沒有覆蓋一切。即使在鐵幕深深的門口，也還有這許多青年寧願陪著他失眠。

寧可失眠，睜眼承受清清楚楚的痛楚，也不服安眠藥欺騙自己。但清醒是有代價的。清醒的代價是孤獨和自懲。當時他年紀輕輕，和一些清新的靈魂相約：絕對不受鼾聲的同化，或是遁入安眠藥瓶裡！那時大家寫詩，很有點賽跑的意味，雖然跑道的盡頭只是荒原。一旦眞正進入荒原，不但觀眾散光，連選手們也紛紛退出了這場馬拉松。三年前，他剛從美國回國，臂上猶烙著西部的太陽，髭間，黏著猶他的沙塵。正是初秋的夜裡，兩年後他再度坐在北向的窗下，對著六百字的稿紙出神。市聲漠漠，在遠方流動像一條混濁的時間之流。漸漸，那濁流也愈流愈遠，將一切交還給無言的星空。忽然一陣冷風捲地而起，在外面的院子裡盤旋又盤旋，接著便是猶佳利樹的葉子掃落的聲音。家人的鼾息從裡面房間日式紙門的隙間傳來。整個城市，醒著的只有他和冷落的星座。他是誰？他究竟是誰？在户籍之外他有無其他的存在？爲何他坐在此地？爲何要他背負著兩個大陸的記憶，左耳，是長江的一片帆，右耳，大西洋岸一枚多迴紋的貝殼？十年後，二十年五十年後他又是誰，他的驚呼他的怒叱和厲斥在空廓死寂的廣場上哪裡有迴聲？而年輕的眞眞年輕過的是否將永遠年輕？而只要是美的即使只美過那麼一次是否就算是永恆？然則他的朋友一起慷慨出發的那些朋友半途棄權，跳車，扭踝仆倒的選手到哪裡去了？繆思，可是無休無止的追求，而絕不接受求婚？蒲公英的歲月，一吹，便散落在四方，散落在湄公河和密西西比的水滸。即使擊鼓吹簫，三嘯大招，也招不回那許多亡魂。

蒲公英的歲月，流浪的一代飛揚在風中，風自西來，愈吹離舊大陸愈遠。他是最輕最薄的一片，一直吹落到落磯山的另一面，落進一英里高的丹佛城。丹佛城，新西域的大門，寂寞的起點，萬嶂砌就的青綠山獄，一位五陵少年將囚在其中，三百六十五個黃昏，在一座紅磚樓上，西顧落日而長吟：「一片孤城萬仞山」。但那邊多鴿糞的鐘塔，或是圓形的足球場上，不會有羌笛在訴苦，況且更沒有楊柳可訴？於是橡葉楓葉如雨在他的屋頂頭頂降下赤褐鮮黃和銹紅，然後白雪在四周飄落溫柔的寒冷，行路難難得多美麗。於是在不勝其寒的高處他立著，一匹狼，一頭鷹，一截望鄉的化石。縱長城是萬里的哭牆洞庭是千頃的淚壺，他只能那樣立在新大陸的玉門關上，向紐約時報的油墨去狂嗅中國古遠的芳芬。可是在蟹行蝦形的英文之間，他怎能教那些碧瞳仁碧瞳人去嗅同樣的菊香與蘭香？

碧瞳人不能。黑瞳人也不可能。每次走下台大文學院的長廊，他像是一片寂寞的孤雲，在青空與江湖之間搖擺。在兩個世界之間搖擺。他那一代的中國人，吞吐的是大陸性龐龐沛沛的氣候，足印過處，是霜是雪，上面是昊昊的青天燦燦的白日，下面是整張的海棠紅葉。他們的耳朵熟習長江的節奏黃河的旋律，他們的手掌知道楊柳的柔軟梧桐的堅硬。江南，塞外，曾是胯下的馬髮間的風沙曾是樑上的燕子齒隙的石榴染紅嗜食的嘴唇，不僅是地理課本聯考的問題習題。他那一代的中國人，有許多回憶在太平洋的對岸有更深長的回憶在海峽的那邊，那重重重疊疊的回憶成為他們思想的背景靈魂日漸加深的負荷，但是那重量不是這一代所能感覺。舊大陸。新大陸。舊大陸。他的生命是一個鐘擺，在過去和未來之間飄擺。而他，感覺像一個陰陽人，一面在陽光中，一面在陰影裡，他無法將兩面轉向同一隻眼睛。他是眼分陰陽的一隻怪獸，左眼，倒映著一座塔，右眼，倒映著摩天大廈。

臨行前夕，他接受邀請，去大度山上向一群碧瞳的青年講解中國的古典詩。這也是另一次出國講學的前奏吧。五年前的夏天，也是在這樣出國的前夕，他曾在大度山上，爲了同樣的演說，住了兩個月。一離開臺北，他立刻神清氣爽，靈魂澄明透澈，每一口呼吸都像在享受，不，饕餮❷新釀成的空氣，肺葉張合如翅。那天夜裡，他緩緩步上山頂，坐在古典建築的高高的石級上，任螢火與蛙鳴與星光圍成涼涼的仲夏之夜。五年前，他戴著同樣的星光坐在這裡，面臨同樣的遠行且享受同樣透明的寂靜。跳水之前，作一次閉目的凝神是好的。因爲飛躍之後，玻璃的新世界將破成千面的寂寞，再出水已是另一個自己。那樣坐著，憶著，展望著，安寧地呼吸著微涼且清香的思想，他似乎蛻出了這一層「自己」，飛臨於「時間」之上如點水的蜻蜓，水流而蜻蜓並未移動。他恍然了。他感覺，能禪那麼一下，讓自我假寐❸那麼一瞬，是何其美好。

從臺中回來，火車穿過成串的隧道，越過河牀乾闊的大甲溪，迤邐駛行在西岸的平原。稻田的鮮綠強調白鷺的純白，當長喙俯啄水底的雲。阡阡陌陌從

❷饕餮：傳說中一種凶惡貪食的野獸，古代鐘鼎彝器多刻其頭形以為飾。比喻凶惡貪婪的人。饕為貪財，餮為貪食。

❸假寐：非正式的小睡，也指閉目養神。

平疇的彼端從青山的麓底輻射過來，像滾動的輪輻迅速旋轉。他的心中有一首牧歌的韻律升起。這樣的風景是世界上最清涼的眼藥水。在靠窗的座位上，他可以出神地騁目好幾個小時。畢竟，只剩下這麼一萬三千多平方英里可以說是「我的」，是「我們的」；這座島嶼是冥冥中神的恩寵，在人的意志之上似乎有一個更高的意志，屬意在這艘海上的方舟，延續一個燦爛悠遠的文化，使他們的民族還不致淪爲眞正的蒲公英，淪爲無根可託的吉普賽和猶太。他不喜歡臺北，不，二十年之後他仍舊一點兒也不喜歡，可是他喜歡這座島，他慶幸，他感激，爲了二十年的身之所衣，頂之所蔽，足之所履。車窗外，風到哪裡七月的牧歌就揚起在哪裡。豪爽慷慨的大地啊，玉米株上稻莖上甘蔗桿上纍纍懸結的無非是豐年。也許，眞的，將來在重歸舊大陸的前夕，他會跪下來吻別這塊沃土。

甚至都不必等到那一天。在三去新大陸的前夕，已經有一種依依的感覺。這裡很少楊柳，不是蘇堤白堤的那種依依，雖遠亦相隨。他又特別不喜歡棕櫚，無論如何也不能勉強把它們撐成一把詩。不過這城裡的夏天也不是截然不能言美的，就看你怎樣去獵取。植物園那兩汪蓮池，仲夏之夕，浮動半畝古典的清芬，等到市聲沉澱，星眸半閉若眠，三隻，兩隻，黛綠的低音簫手，猶在花底葉底鼓腹而鳴，那種古東方的恬淡感就不知有多深遠。不然就在日落後坐在朝西的窗下，看鮮麗絢爛的晚霞怎樣把天空讓給各樣的青和孔雀藍到普魯士藍的藍。於是星從日式屋脊從公寓的陽台電視天線從那邊的木瓜樹葉間相繼點亮。一盞紅燈在遠處的電臺鐵塔上閃動。一架飛機悶悶的聲音消逝後，巷底那冰菓店再度傳來平劇的鑼鼓，和一位古英雄悲壯的詠歎。狗吠。蟲吟。最後萬籟皆沉，只餘下鄰居的水龍頭作細細的龍吟，蚯蚓在星光下鑿土的歌聲。

因為這就是他的國家，兒時就熟悉的夏日的夜晚。不記得他一生揮過多少柄蒲扇，撲過多少隻流螢，拍死多少隻蚊子？不記得長長的一夏鯨飲過多少杯涼茶、酸梅湯、綠豆湯、冰杏仁？只曉得這些絕不是冷氣和可口可樂所能代替。行前的半個月，他的生活寧靜而安詳。因為蒲公英的歲月一開始，這樣的日子，不，這樣的節奏就不再可能。在高速的劇動和多音節的呼吸之前他必須儲蓄足夠的清醒與自知。他知道，一架猛烈呼嘯的噴射機在跑道那邊叫他，許多城，許多長長的街伸臂在迎他，但他的靈魂反而異常寧靜。因為新大陸和舊大陸，海洋和島嶼已經不再爭辯，在他的心中。他是中國的。這一點比一切都重要。他吸的既是中國的芬芳，在異國的山城裡，亦必吐露那樣的芬芳，不是科羅拉多的積雪所能封鎖。每一次出國是一次劇烈的連根拔起。但是他的根永遠在這裡，因爲泥土在這裡，落葉在這裡，芬芳，亦永永永永播揚自這裡。

他以中國的名字爲榮。有一天，中國亦將以他的名字。

五十八年七月十六日

導讀

余光中（一九二八～二〇一七），現代詩人、散文家，兼擅翻譯和文學評論。臺灣大學外文系畢業，歷任臺灣各大學教授，並於香港及美國講學數年。祖籍福建永春，重陽節時生於南京，自稱「茱萸的孩子」。創立「藍星詩社」，著作等身，屢獲嘉獎。其詩文，關注國家民族之榮辱，將國家興衰與一己命運相結合，沈鬱激越之中，富於古典的精神與中西文化之薈萃。

以「無根的一代」形容一九四九年渡海來台的人們，著實貼切。近代中國的苦難，使當時的青年，面對一整個陰黯的大陸和幾幾乎中斷的歷史，失去了信仰和希望。余光中此文，藉自身遭遇的東西文化和生活點滴，描寫了異域風土對他感官與心理所產生的衝擊。交織著過往的記憶和歲月的變化，反思那一代人的焦慮恐懼和對自我存在的不斷探問。堅持詩歌的創作，是他克服歷史文化斷裂的清醒抉擇。在新大陸和舊大陸、過去和未來之間，生命的擺盪，不免讓他感到身不由己。但作者追索靈魂歸宿的同時，自覺生命也在不斷地蛻化，藉由禪的啟明，在寂靜之中，那深遠的東方恬淡，使他的精神超越了有形的藩籬和時間的有限，領悟到心靈的定錨，依然是哺育自己的泥土與文化，那熟悉的四季顏色和草木芬芳與江河旋律。

蒲公英象徵這一代流浪異鄉的中國人心靈，特別是他自己，從散向四方的無依，到明白神的恩賜，最後不再爭辯何處是歸鄉，蒲公英終於停止飄盪。靈魂的回歸之地，並不在特定的地理座標或位置，而是一種理念的投奔和確認。蒲公英彷彿沒有重量，隨風飄散。風自西來，正比喻了當時西潮東漸，飛揚在風中的蒲公英，成了他不得不遠離舊大陸的宿命。每一次出國是一次劇烈的連根拔起，傳統文化，土地即是母親，余光中對滋養他生命和心靈的「文化中國」滿懷依戀，他說：「大陸是母親，不用多說。燒我成灰，我的漢魂唐魄仍然縈繞著那一片后土。那無窮無盡的故國，四海飄泊的龍族叫她做大陸，……這許多年來，我所以在詩中狂呼著、低囈著中國，無非是一念耿耿為自己喊魂。不然我真會魂飛魄散，被西潮淘空。」出身外文系的余光中，以龍族自居，自己魂魄的名字就叫中國！〈蒲公英的歲月〉結束得鏗鏘，像是鑄在鋼鐵上的誓銘一樣。

詩人的散文，仍有詩的意象和韻律。而在長短的錯落之中，句子可長到三十多字，如「曾是胯下的馬髮間的風沙曾是樑上的燕子齒隙的石榴染紅嗜食的嘴唇」，描寫江南塞外以特寫鏡頭轉換，綿延成一種時間的影像，彷彿是一個整體。簡潔的語言如「親密的變成陌生的成為親密，預期的變成現實又變成記憶」，省略主詞使語意緊湊。

第二段，對時間無常和地理變換、記憶交疊的錯綜感覺，以兩面鏡子照映比擬，鏡子映照的外界乃是心境的反射，鏡像的無窮無盡，象徵著無止境的未知在心底的投射。告別故土的離散無奈，成了「一柄冰冷的手術刀」，而「再拔出刀時，已是另一個人了」，情境歲月對人的無情逼迫，十分殘酷。而以「無情藍」象徵台灣海峽，雖然壯麗，卻像一柄無情的藍刀，分割了血脈相連的彼此。當火車行駛過大甲溪，馳騁在阡陌縱橫的平原上，「這樣的風景是世界上最清涼的眼藥水。」余光中散文充滿詩性的筆調，在靈魂篤定的抉擇中，展現出自身文化的力量與不容歷史成灰的雄思！

延伸閱讀

一、夏志清：〈余光中——懷國與鄉愁的延續〉，《人的文學》。臺北：純文學出版社，一九七七年三月。

二、趙淑俠：〈石壁谷之夜〉，《天涯長青》。臺北：三民書局，一九九四年四月。

問題與討論

一、余光中曾說：「對於在臺灣的我們，不論所操何語、所信何教、所入何黨、所選何人，共用的文字只有中文，亦即所謂『國文』。這種文字無論你稱它中文、漢文、華文，甚至唐文，都有其遺詞用字的句法、章法，平仄協調的音調，對仗勻稱的美學；在文學上更有悠久而豐富的傳統，成為世界各地華文作家的源頭活水。」並曾說：「語文黏不住，民族就疏離了。」對於這個觀點，你有何想法或其他的看法？

二、作者在文中說自己不喜歡臺北，但喜歡這座島嶼，他如何形容臺北城？你認為「網中，小盆地里的這座城，令他患得患失時喜時憂的這座城，這座城，鋼鐵為骨水泥為筋，在波濤浸灌魚龍出沒藍鼾藍息的那種夢中，將遙遠如一缽小小的盆景，似真似幻的島市水城。」這一段表達什麼意涵？

朱書萱老師撰

十五、我的姓氏

向陽

課文

0 A-Wu

一六二四年吧
我，A-Wu誕生
在Tayovan的廣闊平野上
麋鹿成群，野草高聳
迷路的童年，我走入群山
下探擁抱著美麗海灣的岬岸
奇異的帆船、紅髮藍眼的兵士
托槍，魚貫走上岸來
我，A-Wu冥冥中感覺

命運即將擺弄我，以及我的族人
爲這群陌生的侵入者
飼養麋鹿　剝製鹿皮
直到我們力盡精疲

十二歲時，我與同齡的族人開始接受
這群來自遙遠的外海的侵入者
教育。學習羅馬字，學習諾亞方舟的故事
上教堂禮拜，哈里路亞
慢慢忘掉我舌頭熟悉的濁音
學習新的書寫，我叫
Siraya

1

阿宇

一六六二年吧，我三十八歲
麋鹿已然稀少，冬風吹過龜裂的土地

一如我長年種作的雙手
龜裂的還有田野、河川
風中瑟縮著頸子的
是我營養不夠的牽手

同樣在童年曾經迷路的山道上
我俯望Tayovan的港岸
旌旗飄揚，照耀港岸的落日
身穿鐵鎧鐵甲的兵士整隊上岸
我，Siraya，已經可以預見
不同的時代，同樣的命運
即將降臨

旌旗飄揚，飄在驚奇的族人面前
他們自稱爲「漢人」，說著我不懂的話
我是Siraya，他們說我是「西拉雅」

連同我的名字A-Wu，也被更改
以著奇異的書寫，在我眼前耀武揚威
：阿宇

我不知道這是不是我？阿宇
它被書寫在番契上
因爲它的出現
我耕種的土地，我童年的記憶
都紙一樣被撕掉了

這是我嗎？阿宇
阿宇的牽手這年也回去見阿立祖了

2

潘亞宇
一六八四年吧，年輕的A-Wu睡著了
睡在迷路的山中，不再回來

睡在麋鹿的皮下，不再出現
而我，六十歲的老人
拼命找他
A-Wu！A-Wu！A-Wu！A-Wu！
直到屋外有人呼叫「潘亞宇」爲止

潘亞宇，就是我嗎，穿著漢人衣飾的
我，就是潘亞宇吧，這是康熙二十三年
我已習慣使用河洛話，使用字典
潘，是皇帝所賜的
榮寵，頭上的稀疏的髮辮
旌旗一般，召喚著壯年時代我的驚奇
我是，潘亞宇
童年的我，叫A-Wu
壯年時，叫阿宇
想了六十個年頭

終於搞得一清二楚
在油燈點亮的夜裡

3

潘公亞宇

這是我嗎？
潘公亞宇。這幅精緻的碳筆畫像
掛在焚香的廳堂牆上
彷彿我壯年時代看到的奪我土地的漢人
唐山裝扮，頭上帶著絨帽
眼光炯炯，白色的鬍鬚宛然冬天的干芒
飄動的
這樣栩栩如生的漢人的容貌啊

叫我即使在離開Tayovan
三百多年後的今日都還害怕驚懼
這是我嗎？潘公亞宇

之靈位。香火裊繞，一塊木牌
臨著的是潘媽劉氏，之靈位
流逝的歲月，從一六二四年開始
這是當年的A-Wu和他的牽手嗎

潘公亞宇，祖籍河南，來台開基祖
罪過啊，我A-Wu居然取代了阿立祖
在這逐漸昏黃的公媽廳中
接受看來是我子孫
卻又不是的漢人膜拜

他們依序上香
年老的潘亞宇用著我聽不懂的日本話
中年的阿宇用著我聽不懂的中國話
年輕的A-Wu用著我聽不懂的番仔話
他們，依序，上香，沒有一個人

使用我們Tayovan，三百年來我連夢中也沒忘掉過的
熟悉的濁音

這是我嗎，潘公亞宇
這是我的子孫嗎，潘公亞宇之十六代孫、十七代孫
一九九八年吧
我彷彿又被拉回十二歲時成群的麋鹿中
迷失了回家的路途
野草高聳，姓氏不明

一九九八年十二月八日　暖暖

導讀

向陽（一九五五～），南投鹿谷人。文化大學日文系畢業，文化大學新聞系碩士、政治大學新聞系博士。向陽的創作起步極早，十三歲開始寫詩，就讀高中時即創辦「笛韻詩社」、主編《笛韻詩刊》。大三擔任「華岡詩社」社長，大量發表詩作。一九七九年與陌上塵等詩人創刊《陽光小

集》，引起很大的迴響。一九八二年，向陽二十七歲時進入報界，擔任新聞編輯工作十多年，曾任《時報周刊》主編、《大自然雜誌》總編輯、《自立晚報》副刊主編、《自立早報》總主筆等，現任國立臺北教育大學臺灣文化研究所教授兼圖書館館長。曾獲全國優秀青年詩人獎、吳濁流新詩獎、時報文學獎、國家文藝獎、玉山文學獎文學貢獻獎、榮後臺灣詩人獎、臺灣文學獎新詩金典獎等。向陽以臺語詩、十行詩崛起詩壇，有多首臺語詩被編成歌曲，廣為傳誦。重要的詩作有《銀杏的仰望》、《種籽》、《十行集》、《歲月》、《四季》、《向陽臺語詩選》、《心事》、《亂》等。另有散文集、兒童文學集、學術論著等，著作共四十餘部。

〈我的姓氏〉於一九九九年二月發表於《中外文學》，以一位平埔族人被統治與被同化的歷程，代表了臺灣的被殖民史，是現代詩中少見的敘史詩。全詩用第一人稱敘述的方式進行，「我」的姓氏隨著不同的統治者而更換。故事從一六二四年開始，「我」誕生了，名叫A-Wu，平野上草木茂盛，麋鹿成群。此時，荷蘭人來了，「我」被紅髮藍眼的士兵強迫著飼養麋鹿，剝製鹿皮，並學習聖經和羅馬字。一六六二年，「我」正當三十八歲的壯年，鄭成功身穿鐵甲的軍隊上岸了，「我」的名字被改為漢字阿宇，一紙紙的番契奪走了耕種的土地，他的牽手也病弱死去了。一六八三年，「我」已是六十歲的老人，清朝皇帝賜姓「潘」，名字成為潘亞宇，而且從姓氏、語言到服飾都被漢化了。「我」死後，畫像被子孫掛在牆上，變成曾經奪走他的土地的漢人的容貌，而且是唐山裝扮，祖籍河南的來臺開基祖。在公媽廳被祭祀的時候，「我」叫潘公亞宇，上香的子孫，依輩分不同而講著日語、中國話和英語，都是「我」聽不懂的語言，連夢中也沒有忘掉過的含著濁音的母語完全消失了。「這是我嗎？」A-Wu的靈魂迷失了，三百多年來一直在害怕驚懼，「我」找不到回家的路，也不清楚自己的姓氏為何了。詩結尾一句「姓氏不明」，犀利點出A-Wu身分的弔詭之處。

這首詩分為四節，依時序進行，非常生動的由一位虛擬的人物，講述臺灣族群認同的荒謬性。以小說或散文呈現族群認同的作品很多，但在現代詩中則不多見，以詩來表現政治議題，尤為難得。向陽自稱在寫作及編輯的生涯中，都帶著高度的警覺，像走鋼索一樣，需時時衡量政治與文學的平衡狀態，〈我的姓氏〉的確兼具政治的敏銳與文學的美感。A-Wu的生命史隱喻臺灣一直以來的族群以及文化認同的不確定感，時至今日，A-Wu的問題仍然困惑著臺灣人。向陽從認同的角度來思索國族議題，將交錯複雜的殖民圖景一一描繪出來，這首詩在看似細微的記人與記事中，卻蘊含著大敘述的格局，宛如一部詩史。

延伸閱讀

一、向陽：《向陽臺語詩選》。臺南：金安出版事業有限公司，二〇〇二年二月。

二、向陽：《十行集》。臺北：九歌出版社有限公司，二〇二〇年七月。

三、張默、蕭蕭編：《新詩三百首百年新編1917-2017》。臺北：九歌出版社有限公司，二〇一七年二月。

四、趙天儀等編選：《混聲合唱：笠詩選》。高雄：春暉出版社，二〇〇五年八月。

五、劉益昌等著：《典藏臺灣史》。臺北：玉山社出版公司，二〇二〇年二月。

問題與討論

一、由本詩您掌握到詩人心靈中怎樣交錯的歷史圖景？

二、「有唐山公，無唐山媽」，當您檢視族譜時，是否發現自己有平埔族的血統呢？

三、讀者所熟悉的〈阿爹的飯包〉是向陽致力臺語詩的代表作，具有極短篇的懸疑效果，〈我的姓氏〉同樣有濃厚的故事性。在撰寫家族史或族群史時，請您也試作一首故事詩來做記錄。

四、一六二四年至一六六二年荷蘭殖民時期，一六六二年至一六八三年鄭氏治臺時期，一六八三年至一八九五年清治時期，一八九五年至一九四五年日治時期，一九四五年國民政府來臺，進入戰後時期。由以上的編年可知，臺灣歷史的發展有其複雜性，數百年來的移民社會，造成多元的族群，重複被殖民的史實，又使歷史解讀更增變數。由此觀照，您對臺灣史有何特別體會？

余昭玟老師撰

單元六　自然山水

十六、山水訓、畫意　節選／郭熙

十七、西湖雜記　節選／袁宏道

十八、金龍禪寺／洛夫

十六、山水訓、畫意　節選

郭熙

課文

一、山水訓❶

君子❷之所以愛夫山水者，其旨安在？丘園❸養素，所常處也；泉石❹嘯傲❺，所常樂也；漁樵❻隱逸，所常適也；猿鶴❼飛鳴，所常覯也；塵囂❽韁鎖，

❶山水訓：有關山水畫的解說。訓，解說。
❷君子：泛指有道德的人。
❸丘園：家園
❹泉石：山水。
❺嘯傲：放歌長嘯，傲然於大自然山水間，意指君子歸隱的生活。
❻漁樵：漁夫與樵夫。
❼猿鶴：猿和鶴，都是用來比喻隱逸之士。
❽塵囂：意指人世間的世俗煩擾與喧囂。

此人情所常厭也；煙霞[9]仙聖[10]，此人情所常願而不得見也。直以太平盛日，君親之心兩隆，苟潔[11]一身，出處[12]節義[13]斯系[14]，豈仁人高蹈[15]遠引[16]，爲離世絕俗之行，而必與箕潁[17]埒[18]素，黃綺[19]同芳哉！〈白駒〉之詩[20]，〈紫芝〉之詠[21]，皆

⑨煙霞：煙霧和雲霞，比喻仙境。

⑩仙聖：泛指得道成仙者與聖人的尊稱。

⑪潔：動詞，意指潔身自愛而使品德高尚。

⑫出處：謂出仕和隱退。

⑬節義：指節操與義行。

⑭系：關聯。

⑮高蹈：隱居。

⑯遠引：遠去，遠遊。

⑰箕潁：指箕山和潁水。相傳堯時賢者許由曾隱居於箕山之下、潁水之陽。因此，「箕潁」意指隱居者或隱居之地。

⑱埒：相當。音ㄌㄜˋ。

⑲黃綺：漢時有四位賢人，隱居於商山，被稱為「商山四皓」（東園公、甪里先生、綺里季、夏黃公）。後人又把四皓中的夏黃公和綺里季合稱為「黃綺」。

⑳〈白駒〉之詩：典故出自《詩．小雅．白駒》第一章。「白駒」，白色的駿馬，用來比喻賢人、隱士。

㉑〈紫芝〉之詠：相傳商山四皓隱居時，常採摘山中的紫芝來吃，且曾自編一首《紫芝歌》以表明其志。

不得已而長往[22]者也。然則林泉之志[23]，煙霞之侶，夢寐在焉，耳目斷絕[24]；今得妙手鬱然[25]出之，不下堂筵[26]，坐窮泉壑[27]，猨聲鳥啼，依約[28]在耳，山光水色，滉漾奪目。斯豈不快人意，實獲我心哉！此世之所以貴夫畫山之本意也。不此之主[29]而輕心臨之[30]，豈不蕪雜神觀，溷濁[31]清風也哉！

二、畫意

世人只知吾落筆作畫，都不知畫非易事。《莊子》說畫史「解衣盤礴」[32]，

㉒長往：指避世隱居。
㉓林泉之志：隱居山林之意。
㉔耳目斷絕：不能聽到和看見。
㉕鬱然：充沛的樣子。
㉖堂筵：堂中筵席。
㉗坐窮泉壑：指坐在家中也能看盡山水勝景。
㉘依約：仿佛。
㉙不此之主：不以此為主。
㉚臨之：指作畫。
㉛溷濁：同「混濁」。
㉜解衣盤礴：語出《莊子．田子方》。意指解開衣服，袒胸露背，隨意席地盤坐，全神貫注地作畫。

此眞得畫家之法。人須養得胸中寬快㉝，意思悅適，如所謂易直子諒㉞油然之心生，則人之笑啼情狀，物之尖斜偃側，自然布列於心中，不覺見之於筆下。晉人顧愷之㉟必構層樓以爲畫所，此見古之達士！不然，志意已抑郁澀滯㊱，局在一曲㊲，如何得寫貌物情㊳，攄發㊴人思哉！假如工人斲琴㊵，得嶧陽桐，巧手妙意，洞然於中，則樸材在地，枝葉未披，而雷氏成琴，脫然已在於目。其意煩體悖㊶，拙魯悶嘿㊷之人，見瓜銛鑿利刀，不知下手之處，焉得焦尾㊸，玉磬揚音

㉝寬快：輕鬆愉快。

㉞易直子諒，典故出自《禮記‧樂記》。意指平易、正直、仁慈、忠信之心。

㉟顧愷之（三四六～四〇七）：東晉時期知名畫家，字長康，小字虎頭，晉陵無錫（今江蘇省無錫縣）人。傳世作品有〈女史箴圖〉、〈列女仁智圖〉卷、〈洛神賦圖〉卷等。

㊱澀滯：沉凝滯著。

㊲局在一曲：局限於一個小地方。

㊳寫貌物情：描繪事物的樣貌要傾注情感。典故出自〔南朝梁〕劉勰《文心雕龍‧明詩》。

㊴攄發：抒發。攄，音ㄕㄨ。

㊵斲琴：斫木製琴。斲，音ㄓㄨㄛˊ，砍、削。

㊶意煩悖體：心煩意亂，身體不安。

㊷拙魯悶嘿：駑鈍而沉悶不暢快。嘿，同「默」。

㊸焦尾：即焦尾琴。東漢蔡邕以桐木製成的名琴。因桐木尾端有燒焦的痕跡，故名。

於清風流水哉！更如前人言「詩是無形畫，畫是有形詩」㊹，哲人多理之談，此言吾人之所師。余因暇日，閱晉唐古今詩什㊺，其中佳句有道盡人腹中之事，有裝出目前之景，然不因靜居燕坐㊻，明窗淨几，一炷爐香，萬慮消沉㊼，則佳句好意亦看不出，幽情美趣亦想不成，即畫之生意，亦豈易有？及乎境界已熟，心手已應，方始縱橫中度㊽，左右逢源。

導讀

郭熙，字淳夫，河陽溫縣（今河南省溫縣）人，生卒年不詳。北宋中期畫家與繪畫理論家。郭熙的畫師承五代山水畫大家李成，而又獨樹一格，其與李成並稱「李郭」，二人與范寬、米芾並列為北宋四大家。郭熙擅長用「高遠」、「深遠」和「平遠」三遠構圖法來佈局畫作，並兼擅雲頭皴畫山石和蟹爪畫樹枝等技法，讓觀畫者可以「不下堂筵，坐窮泉壑」，在其山水畫中領會到大自然之可行、可望、可游、可居之目的。他也曾獲當時文士如蘇軾、蘇轍、黃庭堅與王安石及宋神宗的

㊹詩是無形畫，畫是有形詩：語出北宋張舜民〈跋百之詩畫〉。
㊺詩什：詩篇。
㊻燕坐：閑坐。
㊼萬慮消沉：萬端思緒皆消逝。
㊽方使縱橫中度：才能盡情揮灑，符合節度。

高度賞識，成為北宋中期最具影響力的山水畫大師。

郭熙的《林泉高致》一書，是一部系統完整探討山水畫創作的專著。本書由其子郭思搜編纂集而成，大約成書於北宋徽宗政和七年（一一一七）。全書包括六篇：〈山水訓〉、〈畫意〉、〈畫訣〉、〈畫題〉、〈畫格拾遺〉、〈畫記〉，前有〈郭思序〉，後有〈許光凝跋〉。前四篇是郭熙山水畫創作的心得和總結，其中附有郭思注釋和補述的內容。本文特就〈山水訓〉與〈畫意〉這兩篇節選其中之兩段，以對中國山水畫論做初步的介紹。

〈山水訓〉一篇是全書的要領。郭熙認為大自然的山水可行、可望者隨處皆是，但可觀、可居者卻可遇不可求。因此，人要有親近大自然的「林泉之心」，不要有執著於世俗名利的「驕侈之目」，才能以悠遊自在的心情品味山水畫之美。

此外，郭熙在繪畫美學上最為人所津津樂道者是「三遠」說（高遠、深遠與平遠）。所謂「高遠」是指「自山下而仰山顛」；「深遠」是「自山前而窺山后」；「平遠」則是「自近山而望遠山」，這些屬於中國傳統的散點透視法，不同於西方繪畫的焦點透視法。事實上，在一幅山水畫中，「三遠」法的觀察視角經常是交相運用的，揭示出中國山水畫觀物取象的方法。而在「三遠」法中，郭熙最常論述者是「平遠」之景，其畫作中也多喜用平遠的手法來取景。

在〈畫意〉一篇中可以看到郭熙受儒、道二家的影響，強調人須涵養胸中寬快自適的襟懷，使「易直子諒」之心油然而生，因此才能內蘊而外發來呈現畫面的意境之美，這也就是作畫的要訣。否則，畫家的胸襟和視野若侷限於一隅，就難以呈現心靈與大自然的山水相呼應的畫作。此外，郭熙又引「詩是無形畫，畫是有形詩」之語，點示出詩歌與繪畫之間的相通性。同時，郭熙平日也在悠閒靜坐而心無雜念的情境下，閱讀古今詩篇佳句，體會其中的幽情美趣，作為構思畫作的題材，一旦心中醞釀的境界已成熟，自然心手相應，提起筆來左右逢源。

延伸閱讀

一、紀江紅編：《中國傳世山水畫》。北京：北京出版社，二〇〇四年。
二、莊順忠導演、黃文玲撰文、蘇祐利製作：「典藏故宮：繪畫之美—山水・人物」（DVD）。臺北：光國文教，二〇一一年。
三、華哥多媒體科技股份有限公司製作：「中國祖師文化：山水畫祖師—王維」（DVD）。臺北：華哥多媒體，二〇〇七年。

問題與討論

一、以上兩則畫論讓你對欣賞中國文人的山水畫獲得了甚麼啓發？
二、請就古今東方畫家的作品來舉例，印證以上兩則畫論的意義。
三、請就「詩是無形畫，畫是有形詩」、「詩中有畫，畫中有詩」的說法來討論詩歌和繪畫之間有甚麼關聯？

李美燕老師撰

十七、西湖雜記　節選

袁宏道

課文

初至西湖記

從武林門❶而西，望保俶塔❷突兀層崖中，則已心飛湖上也。午刻入昭慶❸，茶畢，即棹小舟入湖。山色如娥，花光如頰，溫風如酒，波紋如綾；纔一

❶武林門：杭州城的北城門，田汝成（一五〇三～一五五七）《西湖遊覽志》卷二〇：「武林門，宋名餘杭門，俗稱北關門。入門而南，有虎林山，土阜陂陀，高可三丈，廣不滿兩百步。宋楊至質記云：『耆舊言，錢氏有國時，此山夐在郭外，叢薄蒙密，異虎出焉，故名虎林。』吳音承訛轉虎為武耳。」明以後才改稱「武林門」。

❷保俶塔：塔名。保俶塔始建於五代後周年（九四八～九六〇）間，又名保叔塔、保所塔、寶石塔，位於寶石山上，在西湖的北方，與雷峰塔一南一北，隔湖相望，聞啓祥（字子將，生卒年不詳，萬歷壬子舉人）評論雙塔：「湖上兩浮屠，保俶如美人，雷峰如老衲。」俶，音ㄔㄨˋ。

❸昭慶：佛寺名，位於西湖北岸。

舉頭，已不覺目酣神醉。此時欲下一語描寫不得，大約如東阿王❹夢中初遇洛神時也。余遊西湖始此，時萬曆丁酉二月十四日也。

晚同子公❺渡淨寺❻，覓阿賓❼舊住僧房。取道由六橋❽、岳墳❾、石徑塘❿而歸。草草領略，未及徧賞。次早得陶石簣⓫帖子，至十九日，石簣兄弟同學佛人王靜虛⓬至，湖山好友，一時湊集矣。

❹東阿王：曹丕（一八七～二二六）稱帝之後，於太和三年（二二九），將曹植（一九二～二三二）封為東阿王。

❺子公：方文僎，字子公，新安（今安徽歙縣）人，生卒年不詳。僎，音ㄓㄨㄢˋ。

❻淨寺：指淨慈寺，在西湖南岸。

❼阿賓：吳郡袁無涯書種堂寫刻本和袁中道編校本，此處皆作「小修」，指袁中道（一五七○～一六二四），字小修，號柴紫居士，與長兄袁宗道、次兄袁宏道，合稱為「公安三袁」。

❽六橋：此指蘇堤上的「映波」、「鎖瀾」、「望山」、「壓堤」、「東浦」、「跨虹」六座橋。

❾岳墳：指岳飛墓，位於西湖的西北角，在棲霞嶺下，有岳王廟。

❿石徑塘：位於西湖北岸，在岳王廟的東邊。

⓫陶石簣：陶望齡（一五六二～一六○九），字周望，號石簣，會稽（今浙江紹興）人。陶望齡是萬曆己丑（一五八九）科一甲三名進士（探花），授翰林院編修，官至國子監祭酒。陶望齡的詩文創作主張與袁宏道相同，與其弟陶奭齡（一五七一～一六四○）在白馬山講學聞名，並稱「二陶」。

⓬王靜虛：王贊化，字靜虛，山陰（今浙江紹興）人，生卒年不詳。

飛來峰

湖上諸峰，當以飛來⑬爲第一，高不餘數十丈，而蒼翠玉立。渴虎奔猊⑭，不足爲其怒也；神呼鬼立，不足爲其怪也；秋水暮煙，不足爲其色也；顛書吳畫⑮，不足爲其變幻詰曲也。石上多異木，不假土壤，根生石外。前後大小洞四五，窈窕⑯通明，溜乳⑰作花，若刻若鏤。壁間佛像，皆楊禿⑱所爲，如美人面上瘢痕⑲，奇醜可厭。

⑬飛來：飛來峰，另名靈鷲峰，是一座石灰岩構成的山峰，因此此峰遍布許多奇形怪狀的洞壑，山峰面對靈隱寺的岩壁上，有許多自五代至元所刻的石窟與佛像。

⑭猊：獅子。音ㄋㄧˊ。

⑮顛書吳畫：指唐代張旭的草書和吳道玄的繪畫。張旭，字伯高，蘇州吳縣（今隸屬江蘇）人，是唐玄宗時著名的書法家，因為喜歡飲酒，酒醉之後常常呼號奔走，而後揮毫，甚至以髮為筆書寫，故而時人呼之為「張顛」。吳道子，後改名為道玄，生卒年不詳，活躍於開元、天寶年間，陽翟（今河南禹州）人，唐代著名的畫家，後世尊為「畫聖」。

⑯窈窕：此指深遠的樣子。

⑰溜乳作花：指鐘乳石滴凝成各種模樣。

⑱楊禿：指楊璉真珈（也作楊璉真加、楊髡），是西夏僧人，得元世祖的寵信而出任江南釋教總統，據說擅長盜墓，曾經挖掘南宋帝后、公侯卿相墳墓多達一百多座。

⑲瘢痕：指瘡痕、疤痕。瘢，音ㄅㄢ。

余前後登飛來者五：初次與黃道元[20]、方子公同登，單衫短後，直窮蓮花峰[21]頂，每遇一石，無不發狂大叫。次與王聞溪[22]同登，次爲陶石簣、周海寧[23]，次爲王靜虛、石簣兄弟，次爲魯休寧[24]。每遊一次，輒思作一詩，卒不可得。

靈隱

靈隱寺在北高峰[25]下，寺最奇勝，門景尤好。由飛來峰至冷泉亭一帶，澗水溜玉，畫壁流青，是山之極勝處。亭在山門外，嘗讀樂天記[26]有云：「亭在山下水中，寺西南隅。高不倍尋，廣不累丈，撮奇搜勝，物無遁形。春之日，草薰

⑳黃道元：黃國信，字道元，永嘉人。
㉑蓮花峰：位於飛來峰的西邊，因山形遠觀似蓮花而得名。
㉒王聞溪：王禹聲，字聞溪，吳縣人，萬曆十七年（一五八九）進士。
㉓周海寧：周廷參，茶陵（今湖南茶陵）人，萬曆二十三年（一五九五）進士，任海寧知縣。
㉔魯休寧：魯點，字子與，南漳人，萬曆十一年（一五八三）進士，在萬曆二十四年（一五九六）時，任官休寧知縣。
㉕北高峰：靈隱山有南、北二高峰，北高峰為靈隱山最高之處。
㉖指白居易〈冷泉亭記〉。

木欣，可以導和納粹；夏之日，風冷泉渟㉗，可以蠲㉘煩析酲㉙。山樹爲蓋，巖石爲屏，雲從棟生，水與階平。坐而翫㉚之，可濯足於床下；臥而狎之，可垂釣於枕上。潺湲潔澈，甘粹柔滑，眼目之囂，心舌之垢，不待盥滌，見輒除去。」觀此記，亭當在水中。今依澗而立，澗闊不丈餘，無可置亭者，然則冷泉之景，比舊蓋減十分之七矣。

韜光㉛在山之腰，出靈隱後一二里，路徑甚可愛。古木婆娑，草香泉漬，淙淙之聲，四分五路，達於山廚㉜。菴㉝內望錢塘江，浪紋可數。

㉗渟：指水積聚而不動。音ㄊㄧㄥˊ。
㉘蠲：免除、除去。音ㄐㄩㄢ。
㉙酲：指酒後身體不適或是神智不清。音ㄔㄥˊ。
㉚翫：此指觀賞。音ㄨㄢˋ。
㉛韜光：韜光庵。
㉜山廚：山中人家的廚房。
㉝菴：同「庵」。

余始入靈隱，疑宋之問㉞詩不似。意古人取景，或亦如近代詞客，捃㉟拾幫湊。及登韜光，始知「滄海浙江、捫蘿刳木」數語，字字入畫，古人眞不可及矣。宿韜光之次日，余與石簣、子公，同登北高峰絕頂而下。

導讀

袁宏道，字中郎，號石公，又號六休，荊州公安（今湖北公安縣）人，生於明隆慶二年（一五六八），卒於萬曆三十八年（一六一〇）。因為以三袁為領袖的文學流派世稱為「公安派」、「公安體」，故又稱為「公安三袁」。公安派的重要成員還有陶望齡、江盈科、黃輝等。袁宏道反對明代前、後七子提出的「文必秦漢，詩必盛唐」文學主張，力倡「獨抒性靈，不拘格套，非從自己胸臆流出，不肯下筆」，重視文學作品的真實情感，在當日文壇蔚為一股風潮。

袁宏道辭去吳縣縣令後，遊覽西湖之作，共有十六篇，其二是高中教材，故本文不取，另選錄三篇。〈初至西湖記〉是袁宏道西湖遊覽之作的第一篇。終於能目睹久仰大名的西湖美景，袁宏道心中的喜悅，讀者從「目酣神醉」、「欲下一語描寫不得，大約如東阿王夢中初遇洛神時也」這些

㉞宋之問：宋之問（六五六～七一二），字延清，一說為汾州（今山西汾陽）人，也有說他是虢州弘農（今河南靈寶）人，初唐詩人。宋之問曾作〈靈隱寺〉詩：「鷲嶺鬱岧嶢，龍宮鎖寂寥。樓觀滄海日，門對浙江潮。桂子月中落，天香雲外飄。捫蘿登塔遠，刳木取泉遙。霜薄花更發，冰輕葉未凋。夙齡尚遐異，搜對滌煩囂。待入天臺路，看余度石橋。」

㉟捃：摘取、拾取。音ㄐㄩㄣˋ。

直白而生動的描述，不難想像。袁宏道不僅抒發心情，又記錄了時間與同遊此地，同樣喜愛山水的朋友們，藉著這些記述，可以想見袁宏道的西湖見聞，不似柳宗元眼中幽泉怪石處處折射著抑鬱，而是歡愉熱鬧，是一次次邀集親朋好友共同參與的盛會，不管是每見奇石「無不發狂大叫」的天真爛漫，或是春遊睏倦，「臥地上飲，以面受花，多者浮，少者歌」的任真自得，西湖的一花一木，一草一石，在「無官一身輕」的袁宏道眼中，都是可喜、可愛的。

剛抵達西湖，袁宏道迫不及待前往的景點，透露他的西湖旅行，不只是尋幽訪勝，親近自然美景，更有特殊情懷寄寓其中。袁宏道匆匆前往的「六橋」，是蘇軾所築；袁宏道更將白居易〈冷泉亭記〉當成旅遊指南般，細細考察冷泉亭的景觀；在〈西湖三〉中，袁宏道盛讚白居易與蘇東坡：「白、蘇二公，西湖開山古佛，此公異日伽藍也。」從這些記述，可知西湖對袁宏道的吸引力，白、蘇二人是重要因素。清人夏基《西湖覽勝詩志》序中，對當日士人爭相遊覽西湖的心態，有相當精闢的觀察：「自白樂天為郡守，而西湖始盛，……哲宗時，東坡倅杭州，法樂天之遺，耽情山水，故人稱東坡為樂天後身焉。二公共居杭州，凡八九載，以故湖上佳景、良辰美夕、風花雪月之奇，莫不題詠始盡。自茲以往，學士大夫家，有豪懷雅致者，率皆追白蘇遺事。」林宜蓉指出晚明士人前往西湖「追憶白蘇遺事」的風潮，儼然是一種專屬於文人雅士的儀式——藉著歷代文人不斷堆疊的旅遊記述，既共同塑造地方的人文記憶，也追憶消逝的時代；巫仁恕則在其中見出新的旅遊知名景點如何誕生。

袁宏道不只追尋白、蘇的遺事，歸隱西湖的林逋，也曾經遊覽西湖的宋之問、秦觀等人，都吸引著袁宏道一一追躡。袁宏道在旅行中對照前人遊歷同一景點的記述，更啟發讀者可以對旅行的意義，有更多的思考。王安石登臨飛來峰，看見的是自己對抗困境、堅持理想，「不畏浮雲遮望眼，自緣身在最高層」的傲氣；袁宏道則看見讓官職壓抑，率性任真、灑脫疏狂的自我。借助同一景點，不同文人的山水遊記，正可以見出旅行者的心境與經歷對所見所感的重大影響，不僅山水旅行如此，於每個人日常所見所感，又何嘗不是呢？

延伸閱讀

一、張岱：《元明史料筆記：陶庵夢憶．西湖夢尋》。北京：中華書局，二〇〇七年。

二、中央研究院 研之有物編輯群：《研之有物：穿越古今！中研院的25堂人文公開課》。臺北：寶瓶文化，二〇一八年。

三、巫仁恕：《優游坊廂：明清江南城市的休閒消費與空間變遷》。北京：中華書局，二〇一七年。

問題與討論

一、閱讀袁宏道的西湖雜記諸作，除了作者處處洋溢的喜悅之情，以及他對山水之奇的極力鋪寫，還有什麼顯著的特色？

二、請延伸閱讀張岱《西湖夢尋》，試比較西湖在袁宏道與張岱眼中的差異。

尤麗雯老師撰

十八、金龍禪寺

洛夫

課文

晚鐘
是遊客下山的小路
羊齒植物
沿著白色的石階
一路嚼了下去
如果此處降雪

而只見
一隻驚起的灰蟬
把山中的燈火
一盞盞地
點燃

導讀

洛夫（一九二八～二〇一八），本名莫洛夫，湖南衡陽人。淡江大學英文系畢業，曾任左營軍中電臺新聞編輯、東吳大學外文系教師。一九五四年與張默、瘂弦共同創辦《創世紀》詩刊，主張追求「世界性」、「超現實性」、「獨創性」、「純粹性」等詩觀，對臺灣現代詩壇影響深遠。洛夫詩名與余光中並駕齊驅，簡政珍稱他是「中國白話文學史上最有成就的詩人。」早期嚮往超現實主義的詩風，意象繁複多變，語言晦暗不明，曾被詩壇稱譽為「詩魔」。中期以後，化繁複為精警，變尖新為圓熟，常藉日常情境表達時代感受，以簡勁語言追摹古詩韻味。著有《石室之死亡》、《釀酒的石頭》、《月光房子》、《雪落無聲》、《魔歌》、《因為風的緣故》、《愛的辯證》等詩集。

〈金龍禪寺〉選錄自《魔歌》。「金龍禪寺」位於臺北內湖碧山巖下，全詩由「晚鐘」的警悟到「燈火」的靈明，藉著自然意象描寫參訪禪寺後的心境。表現手法上，凝鍊傳神，在意象設計、動詞構思，以及修辭運用，皆具特色。

第一段寫道：「晚鐘／是遊客下山的小路／羊齒植物／沿著白色的石階／一路嚼了下去」，首句「晚鐘」的聽覺意象指涉意涵豐富，其一，點現時間，夜幕低垂，天色昏暗；其二，暗示地點，聽得見鐘聲，表示離寺不遠；其三，呼應題目「金龍禪寺」的空間想像。隨著那漸行漸遠的警悟鐘聲，為遊客指引一條通往凡塵的智慧路徑，其中動詞「嚼」字，生動地刻劃自然萬物的蓬勃生機；而「白」色的石階，則示現遊客靈明澄澈的心境。

次段突然插入「如果此處降雪」的虛擬想像，這一插筆超越時空，雖然切斷了原來的語境，但是「雪」的自然意象與上段的「白」色意象和諧一致。若依洛夫對禪的理解：「從生活中體驗到空無，又從空無中體驗到活潑的生機。詩與禪都在虛虛實實之間……」，或許可以推論，降雪的超現實想像應是有意構築一種空無出塵、淡遠空靈的禪境，藉此強化在空無中卻展現活潑生機的生命體驗。

結尾：「一隻驚起的灰蟬／把山中的燈火／一盞盞地／點燃」，同首段：「羊齒植物／沿著白色的石階／一路嚼了下去」，都是運用擬人與誇飾的修辭手法。時間上，燈火一盞盞地燃起，正好與開頭的「晚鐘」前後照應；詩意上，「蟬」與「禪」諧音雙關，蟬聲之外的那分禪意有如一盞明燈，朗照黑暗的天地，指引生命的迷惘。而動詞「驚」字的妙用，不只意謂遊客的生命頓悟，又與王維〈鳥鳴澗〉詩「人閑桂花落，夜靜春山空。月出驚山鳥，時鳴春澗中」的「驚」字，異曲同工，傳達靜中有動、動靜合一的韻致。

洛夫散文集《心靈呼喚》中曾言這首詩的創作背景：「金龍禪寺的燈光一亮，所有的蟬聲突然停止，我才從迷惘中醒來。這時我恍然大悟，那萬蟬齊鳴中最令人感到親切的聲音，不就是傳說中的，而我一直渴望聽到的山靈的呼喚嗎？」山靈中那萬蟬（禪）齊鳴的呼喚，誠然點燃了詩人的心燈。全詩由「晚鐘」而「小路」，由「羊齒植物」而「石階」，由「灰蟬」而「燈火」，唯獨不見詩人「我」，這種「無我」的意境，藉著「山中的燈火」擴大了視覺空間的延伸，由近而遠，達到物我合一的精神境界。

延伸閱讀

一、洛夫：《雪落無聲》。臺北：爾雅出版社，一九九九年。

二、陳冠學：《田園之秋》。臺北：草根出版社，二〇〇一年。

三、吳明益：《蝶道》。臺北：二魚文化出版社，二〇〇三年。
四、劉克襄：《十五顆小行星：探險、漂泊與自然的相遇》。臺北：遠流出版社，二〇一〇年。
五、許鴻龍導演：「聖稜樹冠」。苗栗：雪霸國家公園管理處，二〇一九年。

問題與討論

一、所謂「詩無達詁」，你對詩中「如果此處降雪」是否別有意會？

二、詩之妙，專求意象。洛夫另有詩作〈有鳥飛過〉、〈屋頂的落月〉、〈隨風聲入山而不見雨〉，與〈金龍禪寺〉皆運用自然的意象，請你比較其中詩題主旨與寫作特色有何異同？

三、試選擇一種自然物象和主題，寫成一首十行左右的詩作。

自然物象——太陽、月亮、雲、風、雨、高山、落葉、樹、花、流水、海洋等。

主題——親情、友誼、愛情、思念、等待、永恆、寂寞、快樂、孤獨、希望、失望等。

林秀蓉老師撰

單元七　壯遊世界

十九、環球遊記・米蘭

林獻堂

課文

倫巴底在阿爾卑斯山之南，其平原廣袤❶數百里，河川數十條，市鎮村落百數十所，土地肥沃，人民勤勉，經其處唯見桑樹成林，葡萄遍野，未嘗有一荒蕪之地，故其人民富庶甲於全意❷。聞說昔時農民之最恐懼者，莫過於冰雹為災，蓋因每到夏時，各種果實正在成熟，滿望豐收，以償一歲之勞苦，而忽然黑雲布滿空際，頃刻之間，從雷電中打下如石塊之冰雹，不過數十分間，便可把成熟或未成熟之果實打折淨盡，而一家衣食所賴者竟成爲烏有矣。這種冰雹之區域又極大，故保險公司不敢在此區域爲農民保險。近來得科學之幫助，其

❶廣袤：有寬廣、廣闊之意。土地的長度東西向稱之為「廣」，南北向稱之為「袤」，故廣袤常用以形容土地的面積廣大，也可用以形容同樣具有範圍廣闊特質的天空、海洋等。

❷富庶甲於全意：指倫巴底是義大利最富庶的地方。

方法，若遇著風雲急迫之時，便用大礮❸轟擊空際，其彈丸之中裝滿炸藥，一入雲端隨即爆發，而可怕之冰雹變玉屑紛紛落下，諸種果實乃不致被其損害，旅客若有不知之者，卒聽礮聲則疑以爲戰事起矣。

米蘭是倫巴底之首都，人口有百十餘萬，其土地宜於耕種，而人民又富於企業心，故不但農產物出產之盛，而其商工業在古時則早已發達矣，其工業之最有名者，則紡織與雕刻也。

米蘭之於基督教最可誇耀者，則三百二十四年，羅馬君士坦丁大帝在此發佈許可基督教之敕令也。一三八六年興工建築，凡百六十餘年而始成之大寺院❹，外面是用一種純白的大理石，若在於燦爛之日光中觀之，其潔白更加可愛，寺爲俄特式❺，其頂上有小塔九十八個，每一塔尖彫刻一聖徒，寺長百六十二碼，濶九十六碼，中有石柱五十餘，每一柱周圍可二十步，其寺之大如是，在

❸礮：同「砲」。
❹大寺院：林獻堂所言的大寺院，是米蘭主教座堂（義大利語：Duomo di Milano），位於米蘭市中心，從始建到建成，歷時六世紀，為義大利最大的教堂。
❺俄特式建築：今日通常譯為哥德式建築，也有稱為哥特式建築，這種建築通常有尖拱、飛扶壁、肋狀拱頂的特色，在十二世紀時發源於法國。

世界則僅稱爲第三而已。

斯卡拉劇場是世界有名的大劇場，凡歐洲有名的優伶，若未曾在此演過者，則不足稱爲名角。余等到米蘭之第一夜即往觀，其美麗雖不及巴黎大歌劇場，而演台之大則過之，適演羅馬那洛帝之荒淫，繼以火燒羅馬都市，其腳色自那洛帝及宮嬪官員軍隊人民合計約近二百人，其佈景之佳及音樂歌唱之妙，是別處所不容易看見者也。

美術館陳列品之豐富自不待言，可惜無暇詳爲記載，就中有一拿破倫之裸體像是他處之所無者。余嘗觀拿破倫之照相，其面貌堂堂，眼光灼灼，還不失糾糾之態度。今日睹此裸體像，其美術之價值何在，余不知之，唯覺此蓋世之英雄，與凡夫俗子無異，爲其無衣冠之故，而遂失其本來之氣概矣。

傍晚閒行市上，過一書店，瞥見一冊表紙印中國古裝之女子，旁題聊齋誌異四字，余以爲是原文，及開視之始知爲譯文，譯聊齋較之譯水滸、紅樓尤難，可惜余不識意文，不能一讀其翻譯有無失眞。余正觀書之際，有一少年，衣服整齊，操英語亦頗純熟，與猶龍喁喁談話，猶龍以一里拉與之，余問其故，謂他失業無處謀生，已一日不食矣。

穆索利尼Mussolini意大利之怪傑也，他本爲一個小學校教員，因其作事果斷勇爲，得風雲之際會而乘時崛起，不數年之間，一躍而爲國粹黨黨魁，再進而爲首相，於今七年矣。其爲首相之時，以一身而兼各省大臣之職，政權獨攬，其專制之政治，若有異己者即一概芟夷，絕其本根，務使舉國無敢反對疵議者，國會議員四百餘名，皆爲其黨員，此爲世界之所無也。而他乃得任意朝立一法，暮改一令，騁所欲爲，有一次被一英國婦人擊以手鎗不中，及至法庭審問她，謂我與穆索利尼並無仇恨，不過惡其專制而已。嗚呼意大利四千餘萬之國民，皆甘心屈服其下，而反爲一毫無關係之英國婦人代爲報復，豈不眞是一大怪事乎。然於此可見意大利國民之程度，較之英吉利國民之程度，相去何啻霄壤之差也。故凡專制政府，皆不欲其國民有高等知識，蓋恐其有知識，則能批評攻擊，甚至出於反抗，而彼專制政府何能永久把持其獨裁政治耶。

一九二八年一月十四日，余等將由米蘭出意大利而入瑞西（瑞士），適與二英國婦人同車，她亦來旅行，將欲歸去，雜談之間，她謂意大利國民甘屈服於專制之下，令人百思不解其故，言時頗露鄙薄不屑之狀，余聞之深爲意大利國民慚愧，而亦以自愧也。

導讀

林獻堂（一八八一～一九五六），名朝琛，字獻堂，號灌園，出身清末日治時期臺灣五大家族之一的「霧峰林家」。林獻堂一生積極投入臺灣各領域的工作，無論是政治、教育文化、慈善事業等，都可以見到他的重要貢獻；雖然深受儒家思想熏陶，他卻較同時代許多知識份子更有男女平等意識，力倡女權。林獻堂最為人稱道的事功，是自一九二一年起，領導向日本帝國議會爭取設置「臺灣議會」的請願活動。雖然沒有成功，但是，他以畢生精力鼓吹臺灣文化，為爭取臺灣人的人權、自由、政治、教育等權利而奔走，後世譽為「臺灣議會之父」，實當之無愧。

本文選自《環球遊記》，《環球遊記》是林獻堂自一九二七年五月十五日起，從基隆港出發，先後經華南、香港、新加坡等地，至一九二八年五月二十五日抵達終點日本橫濱，為期一年的歐美之行見聞錄。全文夾敘夾議，將所見所感以話家常的口吻，向讀者娓娓道來，行文流暢自然。

林獻堂遊歷義大利時，正值國家法西斯黨成為義大利國會最大黨，墨索里尼展開專制獨裁統治的初期。他回顧義大利歷史，曾有重視民權，是許多國家議會制度起源的羅馬元老院組織，奈何今不如昔，其國民竟甘心接受專制政權的統治，這使得他在評述義大利人時，字句間時常透著恨鐵不成鋼之情。讀者閱讀這些文章，應考量他的思想情感與遊記的寫作目的，用較為寬容的眼光看待他未能客觀持論之處，體會他隱於字句之後，指桑罵槐的苦心，和同為受到專制統治之人的深沉悲哀。雖然如此，林獻堂對義大利不同城市的觀察，仍可以見出其識見。

林獻堂在文中先點明米蘭的地理位置、自然環境、經濟，讓讀者初步認識米蘭；接著重點簡述米蘭主教座堂、斯卡拉大劇場、美術館幾座建築，將米蘭的歷史文化展現在讀者眼前。而後，筆鋒一轉，提及他與二子猶龍在市集書店看書時的偶遇。這段插曲，看似信筆而書，但是細閱下文，可知林獻堂此筆別具深意。

一次世界大戰後，義大利的經濟情況雪上加霜，加重社會階層的分裂，墨索里尼遂能「得風雲之際會而乘時崛起」。法西斯黨的黨歌歌詞中，即有將消除國家貧困的希望，寄託於墨索里尼之語。但是，在墨索里尼的治理下，貧困卻沒有從義大利絕跡，甚至在國家法西斯黨創立之處米蘭，仍有無處謀生、受困饑窮的少年。這是林獻堂對墨索里尼最有力的諷刺，也是對寄託希望於強人（Strongman）者婉曲的批評。義大利國民對民主的無知，是專制統治得以茁壯的土壤，而這種蒙昧，也是彼時許多臺灣人的情況。「故凡專制政府，皆不欲其國民有高等知識，蓋恐其有知識，則能批評攻擊，甚至出於反抗，而彼專制政府何能永久把持其獨裁政治耶。」林獻堂的這番話，是因墨索里尼治理下的義大利人而生的感慨，也是期盼臺灣人覺醒的殷切呼喚。

旅行文學是旅者的「自我」和「他者」之間的對話，林獻堂以人文關懷的視角，帶領讀者考察各國政治、經濟、社會民情，對照受到日本殖民統治的臺灣，在旅途中不斷思辨，借鑑他山之石，尋找當行之路，不僅開拓讀者眼界，以今日眼光觀之，仍有許多發人深省之處。

延伸閱讀

一、黃富三：《林獻堂傳》。臺北：國史館臺灣文獻館，二〇〇六年。

二、林獻堂著、許雪姬等注：《灌園先生日記（一）一九二七年》。臺北：中央研究院臺灣史研究所籌備處、中央研究院近代史研究所，二〇〇〇年。

問題與討論

一、林獻堂比較義大利人與英國人對獨裁者的態度，認為專制政府能否穩固政權，與人民是否擁有高等知識有關。你覺得大學教育需要有哪些內容，才能培養一個人具備民主國家公民應該擁有的素養？

二、林獻堂在本文特別記錄他在美術館中見到拿破崙的裸體像，並且抒發感想：「其美術之價值何在，余不知之，唯覺此蓋世之英雄，與凡夫俗子無異，為其無衣冠之故，而遂失其本來之氣概矣。」論者認為林獻堂這段話正可見出東西方審美觀的差異，也是旅行很重要的意義，你有過相似的旅行經驗嗎？林獻堂的這段話是否還有其它可以解讀的面向？

尤麗雯老師撰

二〇、食有魚

李黎

課文

其實我是不大有資格談食魚的，因爲既不擅食，亦不善烹。

小時因是獨生女不免嬌慣，吃魚總有大人代勞，以致竟然不會吐魚刺，長大了常發生「如鯁在喉」事件。成年後學藝還不精就出國了，而西洋餐桌禮儀是只准入口不准出口——放進嘴裡的東西斷無取出的道理。我本就尚未充分掌握的民族絕技，如牙舌並用解構魚、蝦、瓜子，然後嗾下精華吐出糟粕，在西洋陋規下更無從研習了。

洋人吃魚技術水平既然比我還差，可以想見他們吃來吃去便只有那幾樣容易對付的：肉多骨少且大，在餐盤裡解剖起來歷歷分明……，難怪鱒魚被捧爲至尊，連舒伯特都要爲牠作曲。佐魚的醬汁花樣也少，多半是白而稠的，故一律配之以白葡萄酒。中國吃魚的學問就講究多了：魚的燒法從極簡到極繁，調料從極清淡到極濃稠皆備，配酒自是不拘一格，紅酒白酒黃酒、淡酒醇酒烈酒，充滿無限組合的可能。所以吃魚文化絕對是「東風壓倒西風」的。

洋人慣吃的魚中，以鮭魚最爲多功能，生吃熟食皆宜。猶太人嗜食的硬麵包圈「貝狗」，對半剖開塗上厚厚的奶油乳酪，夾煙燻鮭魚片，外加兩、三片番茄及幾圈紅洋蔥，即是美味爽口又有嚼頭的Bagel with Lox。紐約的猶太人，做這道料理堪稱全世界第一。

北歐國家臨海多湖，自然不乏游水魚鮮；可是由於嚴冬苦長，不得不趁夏天將鮮魚風乾、鹽醃、煙燻，甚至發酵處理。瑞典著名的「辦桌（smorgasbord）擺上百樣吃食，琳瑯滿目，起碼有一半便是這類處理的海味；魚類不外乎鮭、鱈、鰻幾樣，「風煙」風味固佳，總覺得寧可食其新鮮原味。此我也鼓足勇氣嚐過他們的發酵生鯡魚，裹上大量奶油乳酪倒也還可以入口。此物異味特重，北歐的航空公司有明文規定：旅客不得攜帶罐裝發酵生魚進機，怕的是高壓下罐頭爆裂，據說機艙惡臭是經年累月都清洗不掉。

說到北歐，便想起丹麥女作家艾沙克．丹妮蓀（Isak Dinesen）著名的中篇小說《芭貝特的盛宴》（Babette's Feast），筆下那一對善良而保守的老姊妹，住在北歐濱海小鎮，數十年如一日吃著醃魚乾。芭貝特原是巴黎第一大名廚，隱姓埋名避難來到小鎮，屈居爲老姊妹的女傭，默默煮了十二年風乾鹹魚……。最後那場一擲萬金的豪奢盛宴，一道道令人目眩神迷的大菜端出來，卻不見她上魚，大概是這些年下來恨透魚了——這是說笑，眞正原因是法國美食確是重肉輕魚。

近年來拜暢銷書《山居歲月》之賜，法國南部的普羅旺斯成了美食家朝聖之地。《山居歲月》全書淋漓盡致寫盡全年的美食佳餚，卻僅只兩三處淡淡提及鱈魚、鮪魚，既無形容詞也無動詞，與連篇累牘禮讚二足四足動物美味的熱情沒得比。無獨有偶，另一歐洲傳統美食文化重鎭——義大利北部的托斯坎尼（Tuscany）地區，一位舊金山女作家Frances Mayes爲了那兒的陽光與美食，特地買了一幢舊別墅住下，也寫了本暢銷書《在突斯坎的陽光下》（Under the Tuscan Sun），書裡列出的節令菜譜竟也將魚排斥在外。此非獨立個案，我還有旁證：我們的義大利鄰居，亦是一位來自托斯坎尼的講究烹調藝術的紳士，閒來垂釣如有所獲，必將戰利品悉數親送上敝家門——他自己是不吃的。

飲食習慣自然是跟著地理環境走。到了南義大利、地中海地區、西班牙那一帶，餐桌上就又多見魚了，而且是不經醃製處理的新鮮魚。然而論保持原味的烹調手法，西方還是不及東方高明。

充分懂得魚的原味之美還數日本人。生食魚，只有至鮮之魚與嚴格的潔癖才辦得到。有新鮮魚吃是運氣，能消受得了生魚是福氣。吃生魚最享受的一次是在札幌市，坐落驛前通夾南七條通的「壽司善」，那晚的金鎗魚肚腩（TORO）看著就是美；雲母石圖案般的紋理，紅裡夾白絲如極品牛肉，肥腴滑嫩入口即化……。我們的日本友人，在去之前就宣稱這家店的刺身為札幌第一。待一盤沙西米和半瓶秋田清酒下肚之後，此店便躍升爲全日本第一了。

河豚也是在日本領教的。神户北方六甲山的有馬溫泉旅舍裡，從榻榻米房間眺望窗外，漫山遍野嫣紅燦金的秋色，正是吃河豚的季節。面前矮桌上，雅樸的瓷碟裡花瓣狀陳列著河豚刺身，切片薄得半透明，入口微覺甘甜——但還不至於欲仙欲死。下火鍋略涮一涮，滋味不及生吃；尤其日式火鍋的醬汁帶酸，對本味並無助益。

中國地大，加上舊時冷藏技術根本談不上，內陸多山地區如四川，便發展出辣手下重味的「魚香」澆汁——其實正是用來遮蓋魚腥魚臭的。陳凱歌的成名作電影《黃土地》裡，西北黃土高原上挑桶水得走上十幾里地，魚當然比水又更金貴；娶媳婦喜筵上不能無魚，乃有一尾木雕魚形上桌，澆上滷汁，客人伸筷子沾沾「木魚」意思意思，一切的乾旱、匱乏、生活裡的欠缺與嚮往……

都在那鏡頭畫面之中了。

《紅樓夢》裡的賈府珍饈玉饌，竟不見提及吃魚。唯一帶魚字的食物是「茄鮝」，卻只是借取「鮝」字的乾製法，與魚其實無關。八十一回目「四美釣游魚」爲的只是「占旺象」，沒提釣上的游水活魚如何處理，令人好生失望。印象深刻的倒是讓梁山好漢吃壞肚子的魚——《水滸傳》裡的好漢們，動輒大碗喝酒大塊吃肉面不改色，竟然吃了魚的虧：三十八回「黑旋風鬥浪裡白條」，寫宋江發配到江州魚米之鄉，先嘗了「三分加辣點紅白魚湯」即嫌魚不新鮮，待「浪裡白條」張順送上四尾游水活鯉才大快朵頤：一尾做辣湯、一尾用酒蒸了切膾；另帶兩條回營，一條送人、一條自喫（作者沒寫如何料理），夜裡便「絞腸刮肚價疼，天明時，瀉了二十來遭，昏暈倒了」，簡直是食物中毒的症狀！恐怕還是帶回營後魚不新鮮了，害得宋江從此再也不敢吃魚。「三分加辣點紅白魚湯」如何調理不得而知，想像中其味當近泰國式的酸辣魚湯吧？開胃醒酒，尤其熱帶地區，可能還兼具消毒功能呢。

也曾吃過歷史最悠久的魚：以色列的「加利利海」其實只是個不算大的湖，我在湖畔古城提伯利亞住過幾天；中東食物乏善可陳，唯一可提的是每天都吃當地湖產的「聖彼得魚」，形色略似吳郭魚，因爲新鮮，談不上技術的乾煎效果尚可。想來這便是耶穌當年在加利利海邊收漁夫彼得（當時還叫西門）爲門徒，要他「得人如得魚」的那種魚吧，說不定還是餵飽了幾千人的「五餅二魚」的魚呢。說起基督教與魚的淵源可眞是深，早期被迫害時教徒之間便用魚形作秘密記號，因爲希臘文的「魚」字正是「耶穌・基督・上帝之子，救世主」幾個字的頭一個字母組合。耶穌中文名裡也有個魚字，應該不會是翻譯者無心的巧合吧。

其實以色列食魚的選擇不多，因爲正統猶太人不吃無鱗魚，這是《舊約》〈利未記〉裡對各種動物能不能吃的種種繁瑣規定：水裡游動的活物若無翅無鱗則爲「可憎」，不得食其肉；株連到凡是介殼類的水產也一律視爲「不潔」而不可食，眞是打從心底爲他們叫可惜呀可惜。美國許多餐廳星期五的主菜是魚，原來是天主教的規矩：耶穌受難日是星期五，那天吃魚不吃肉含有齋戒的意思；流傳久遠成了習俗，並不見得每個美國人都知道來歷。世界三大宗教只有基督教與魚淵源深、魚的典故多；佛教不殺生，回教崛起於沙漠地帶，跟魚就不那麼沾親帶故了。

美國人也少吃帶魚、鮎魚這些無鱗魚，只有在南方一些州還有人吃鮎魚——英文名貓魚（Cat Fish）。由於吃的人少，連俗諺「There is more than one way to skin a cat.」——剝「貓」皮不止一種方法，意指做事不必拘泥於一格——很多人就搞不清緣由，眞以爲是剝貓咪之皮而大驚小怪；其實這裡的cat是Cat Fish的簡稱，skin a cat只是剝去鮎魚那黑油油滑不溜丟之皮的工序而已。

記得小時母親有一道拿手菜「麻油酥魚」：輕薄短小的鯽魚長度不過四、五英寸——可以想像清理起來多費工夫，把魚和蔥間雜著層層疊妥，浸在香麻油裡，加少許醬油、糖、薑，慢火久燜，直到骨肉酥軟，頭尾通體皆可嚼吃。這道菜是宴客必備，在親友之間頗富盛名。但它帶給童年的我的聯想，卻是請客時母親在廚房下忙得蓬首油面，用一口煤球爐（頂多加一只小炭爐）煎、煮、蒸、炒、炸出一道道菜端進飯廳裡，客人品嚐誇讚之際，不時虛意嚷嚷「請嫂夫人坐下來一起吃」，我心想廢話，她坐下來大家就沒得吃了！對主婦的辛苦抱著不平與反感，加上自己人懶，竟不曾學得任何烹調手藝就離家了。過了十多年異國粗菜淡飯的日子才幡然省悟，決定回台向母親拜師，第一道菜便想學麻油酥魚，好做給比我更嗜食魚的丈夫吃。怎料得到鯽魚們經過品種改良「變胖又變高」，體積足足暴長四倍有餘，不再能勝任這個以小見長的角色了。於是這道精緻小菜便成絕響，親友中有年長而交情深遠者，偶爾見到還會提起，伴隨著一陣帶點惆悵的感喟。

遠行之後回鄉，總是一次又一次面對這一類昔時的失落、物非人亦非的遺憾；有的只是些淡淡的、微不足道的小小憾事，像這道永遠無法學得的菜，正是生命中一樁再也回不了頭去重拾的錯失。

半生虛度，我的廚藝仍停在勉爲其難的階段，但對付家中幾口半洋化了的胃還應付裕如。在我家，鮭魚排和鱈魚排最受歡迎：刺大且疏，易吃又安全；有肉類的肥腴卻無吃肉的沈重負擔；而且符合我的燒菜原則：能炒則不炸，能煮則不炒，能烤則不煮，名爲健康、實則偷懶。我的「五分鐘微波爐烤鱈魚」正是懶人的福音，深得「做」者與食者的歡心。做法是鱈魚排用鹽、酒、胡椒粉略醃；另外蔥薑蒜切碎加兩、三匙橄欖油，用保鮮膜蓋好，微波爐熱一分鐘，然後悉數澆到魚上；再淋點醬油，蓋好再熱五分鐘——視魚的體積而定，若不熟就多加一、兩分鐘。如此簡單，自己寫著都覺得不好意思；可是省事省時而效果良好，何樂不爲呢。

「魚與熊掌」的千古兩難對我從來不是問題：無論從味覺、健康、到保護野生動物的考量，都該取魚而捨熊掌。我想在自己的有生之年，魚是不會淪爲瀕臨絕種動物的；「食無魚」不會是我的噩夢。

導讀

李黎（一九四八～），本名鮑利黎，英文名 Lily Hsueh，一九四八年出生於江蘇南京，次年即全家遷至臺灣，居住在高雄鳳山，畢業於高雄女中、國立臺灣大學歷史學系。大學時代，鮑利黎即以「黎陽」筆名發表作品，一九七〇年赴美，就讀美國印第安那州普渡大學（Purdue University）。曾任編輯及教職，現居美國從事文學創作及翻譯，在中國、臺灣、香港出版小說、散文、翻譯與電影劇本等，作品多次被選入臺灣年度小說選、散文選，曾獲華航旅行文學獎、聯合報小說獎。

文學中的飲食書寫是十分普遍之主題，李黎在〈食有魚〉透過不同國家的食魚經驗瞭解各地風土民情。散文從一個嬌生慣養的女兒不會食魚開始寫起，穿插世界各地的食魚文化，到身為人母之後操持家務，學習煮魚而告結束。作者從母親拿手好菜——「麻油酥魚」成為絕響，因永遠無法習得的這道小菜備感失落，訴說作者遠居異國，回鄉後面對物非人亦非的遺憾，猶如生命中無法回頭的錯失，是這篇散文的動人之處。

李黎一生數次遷徙，從大陸到臺灣再到美國，多年來筆耕不輟，原先以小說創作為主，後出版多本散文，鹿憶鹿認為李黎是九〇年代女性旅行文學的代表之一。李黎除了是一位愛寫故事的旅人，也會在旅途中去尋訪與印證文學作品裡的真實軌跡，把文學閱讀經驗融入個人創作書寫中，以身體力行方式印證「讀萬卷書，行萬里路」的道理，加上她廣泛閱讀中西文史書籍，同時具備人女、人妻、人母的身分，使其作品得以鎔鑄豐富的元素，展現出多重角色扮演與多元的樣貌。

李黎曾表示自己會為了某本書、某位作家吃過的餐廳，或書中提到的館子而跑去品嘗，這些飲食探索之旅經常出現在其文學書寫之中。〈食有魚〉便是透過旅人的眼睛與飲食體驗，觀察不同國家飲食文化發展軌跡，文中充滿不同地域文化的差異與交疊。本文除了介紹中國、歐洲、日本、以色列等地不同族群的食魚文化，也列舉出東西方文學名著中的食魚書寫，如《紅樓夢》、《水滸傳》、《芭貝特的盛宴》、《山居歲月》等書，並穿插自身的體會作為對照。像是文中舉以色列「加利利海」的「聖彼得魚」為例，作者發現以色列不吃無鱗魚，此與聖經《舊約》裡的規定有關。文化是一種生活實踐，飲食則是族群文化、個人生命形態的展現。李黎輾轉於中國、臺灣、歐美，散文呈現多元豐富的文化特性。本文透過作者旅行與自身經驗，對不同地域族群的食魚習慣進行書寫，說明飲食習慣是具有地域性的，也讓讀者在文學閱讀中看見作者生命的況味與文化涵養。

延伸閱讀

一、林文月：《飲膳札記》。臺北：洪範書店，一九九九年四月。

二、張健芳：《眾神的餐桌：跟著食物說書人，深入異國飲食日常，追探人類的文化記憶》。臺北：商周文化事業股份有限公司，二〇一八年五月。

三、焦桐編：《臺灣飲食文選》。臺北：二魚文化事業股份有限公司，二〇〇三年二月。

四、蔡珠兒：《紅燜廚娘》。新北市：聯合文學出版社，二〇〇五年九月。

五、彼得・梅爾著、韓良露譯：《山居歲月：我在普羅旺斯，美好的一年》。臺北：皇冠文化出版有限公司，二〇一二年十月。

問題與討論

一、如果以一種味道或食物來形容，你覺得哪一種食物最能代表臺灣精神？為什麼？

二、飲食文學是十分普遍的主題，請舉出一篇令你印象深刻的文學作品，並說明原因。

三、在成長過程中，你是否吃過異國料理？請選定一道讓你難以忘懷的異國風味美食，向大家做介紹，說明自己喜歡的原因。

鐘文伶老師撰

二一、收藏旅行

林文義

課文

1

在異國陌生的城市，竟然經常迷路。

慣性的出了海關，找到提供資訊的櫃檯，那一小冊印刷精緻的彩色指南，或者折疊多頁的地圖，打開，就是縱橫繁複的街道。

猶疑的挪動腳步，裝載行李推車的緩慢，明顯的呈露初訪此地的未知所引發的某種不安……想必是所有旅人多少共通的心情，尋找前往市區的交通工具，那些多樣的指標。

不知道百年之前的旅人，如何跋涉過荒山惡水？我一直喜歡那種古代的石版畫、荷蘭人的航海圖、土耳其人的城堡、以及羅馬尼亞嗜血殘暴、卻充滿魅惑的卓九勒伯爵❶，遙遠傳說不死的吸血鬼……。

翻開城市地圖，陌生的街名；開始旅行，意味著冒險、驚喜、以及迷路。

2

寧願靜靜的坐在咖啡店，思緒澄明得一如向晚稀微飄落的小雪，隔著巨大、明亮的落地窗看去，粉紅色的天空，不知是霞彩或是降雪前的顏色？禿光葉片的梧桐，好像整條街都高舉著一隻又一隻吶喊抗議的手，那樣的血脈僨張……巴黎鐵塔❷卻穿戴著一身星閃般的燦爛，微笑得一如羅浮宮❸裡，難辨眞

❶卓九勒伯爵：愛爾蘭作家布蘭姆．史托克（Bram Stoker，一八四七～一九一二）於一八九七年寫了一本名為《卓九勒伯爵》（Dracula，又譯為《吸血鬼德古拉》）的小說。小說中的卓九勒伯爵是個嗜血、專挑年輕美女下手的吸血鬼。小說後來被改編成電影，成為吸血鬼傳說故事的始祖。

❷巴黎鐵塔：即艾菲爾鐵塔（法語：La Tour Eiffel）。一八八九年，法國為慶祝革命一百周年，在巴黎舉行世界博覽會，故修建以為紀念。該塔位於巴黎第七區、塞納河畔戰神廣場，為一鐵製鏤空塔，塔高三一二公尺，初名為「三百米塔」，後得名自其設計師居斯塔夫．艾菲爾。是世界著名的建築，巴黎城市的地標，也是法國文化的象徵之一。一九九一年，艾菲爾鐵塔連同巴黎塞納河沿岸整座被列入世界遺產。

❸羅浮宮：法國舊王宮。為louvre的音譯，位於巴黎市中心，賽納河北岸。菲利浦二世（一一八〇～一二二三）時始建，經歷代國王增建，至十九世紀完成。西元一六七八年路易十四遷居凡爾賽宮，羅浮宮初次公開開放。一七九一年五月，正式成立羅浮宮博物館。也譯作「盧佛爾宮」、「盧夫宮」、「盧甫耳宮」。

假的蒙娜麗莎。

我的手記攤在桌上，一整個下午，筆與心靈都是乾涸的。想起創造蒙娜麗莎的達文西❹，被懸掛在保險箱以防彈玻璃示人的名畫；忽然覺得那抹微笑是有些矯情，虛實難分。幾百年幽幽流逝，微笑的蒙娜麗莎與裸體的蒙娜麗莎是不是達文西永遠的戀人？

幾年以後，我竟然在新加坡國家美術館再次邂逅達文西，髮鬚紛亂的粉彩自畫像，好像一個遠古的哲人。

他用細緻、精準的沾水筆描繪解剖的人體及植物剖面，並且善於設計未來的工具，諸如飛行器、潛水艇、齒輪運轉乃至於跨越大河之虹狀橋樑……令人驚懾於一個全能的天才，來自義大利的佛羅倫斯❺。

❹達文西：人名。（Leonardo da Vinci。一四五二～一五一九）義大利文藝復興三大藝術巨匠之一，不僅對繪畫、雕刻、建築，甚至對機械、天文、解剖等自然科學都表現不凡的天才。輾轉於佛羅倫斯、米蘭、羅馬等地，從事藝術創作，最後客死於巴黎。代表作有〈蒙娜麗莎〉、〈最後的晚餐〉等。也譯作「達芬奇」。

❺佛羅倫斯：地名。依英語譯作「佛羅倫斯」（Florence），或依拉丁語譯作「佛羅倫薩」（Florentia），在十九世紀的中國或者現代文學、藝術、餐飲有時也按標準義大利語發音美化譯成「翡冷翠」（Firenze）。是義大利中部塔斯卡尼大區和佛羅倫斯省的首府。佛羅倫斯被認為是文藝復興運動的誕生地，藝術與建築的搖籃之一，擁有衆多的歷史建築和藏品豐富的博物館。歷史上有許多文化名人誕生、活動於此地，如但丁、達文西、米開朗基羅、伽利略等。

有一年秋深，在佛羅倫斯迂迴縱橫的深巷中迷路，長長的石板路大同小異，古老建築上雕刻著獅面或一張張怪異的臉顏，石雕總是張大著嘴，據說下雨時，從屋頂上累積的雨水可以循著屋簷間的通道，從石雕們的嘴傾洩而下。

仍然走不出深巷，好似陷入一片迷霧。我並不惶恐，只要身在佛羅倫斯，隨身帶著旅店名片，大不了叫喚計程車回去。而這一條又一條陌生而美麗的深巷，卻一再叫喚著一個旅人更多的驚喜，就在一個轉角處，我看見一片陸離光怪的燦爛牆面。

牆面事實上是一家琉璃店的擺設，那些吹出來的各種漂亮琉璃，珠寶般的千顏萬彩，或圓或方或無以預期的形體……想到達文西四百年前曾經在此誕生，在此逝世，也曾與我相彷，乍見琉璃的亮麗與夢幻，達文西一定是個終身尋夢的理想主義者，不知道在他的時代，人們怎麼看他？他又如何的揣測人們？

我帶了三個小琉璃離開佛羅倫斯，感覺是帶走達文西的某些記憶。

那次深巷迷路，依然找不到返回旅店的路，還是叫喚了計程車，轉了幾圈，穿過那巨大的圓頂教堂，我才恍然大悟，低首看著紙袋裡那由於迷路，不期而遇的三個小琉璃，不禁自嘲的笑了起來。

3

行囊裡怕會在運送過程中摔裂，用報紙緊密包裹，八棟瓷燒的小房子。冬日午後的愛琴海❻，雨雲低垂，海是蒼藍帶銀，相機捲片器壞了，有些懊惱，只好向港岸兜售藝品的小販買了一個立可拍紙盒相機，這般欲雨蕭索的冬日，希臘島嶼旅行，就像岸邊那幾隻慵懶的老狗，癱在鹽分很重的水泥地面，有些無奈又有些無從……你是不能盼望像打開旅遊書籍那樣的一廂情願，漂亮的圖片，藍亮得像電影《地中海樂園》❼那樣晶瑩剔透的淺海，熱帶魚成群，悠然游過……。

在露天咖啡座喝完苦澀的濃縮咖啡，挺著大啤酒肚，留落腮鬍的咖啡主人就問你：要不要坐馬車，繞島一圈？價格倒是合理，就踩踏而上，叮叮咚咚，

❻愛琴海：海洋名。地中海的一部分，位於希臘半島與小亞細亞之間，為克里特和希臘早期文明的搖籃，也是連接黑海以及地中海的唯一航道。除了土耳其沿岸海域，整個愛琴海都是希臘的領海。因其間大小島嶼星羅棋布，故也稱為「多島海」。

❼地中海樂園：電影片名。是一部義大利電影，獲一九九二年奧斯卡金像獎最佳外語片獎。影片講述一九四一年一個由八人組成的小分隊，在中尉的帶領下，乘船登上了愛琴海中的羅索堡小島執行任務。等到戰爭結束後，有人已與當地女子結婚，或選擇不回祖國而定居小島。半個世紀後，回國的中尉故地重遊，與老友們重逢的故事。

繫在馬頸之間的銅鈴，輕盈的撞擊，馬車的老頭子用著誇張的手勢，希臘語夾帶英語，說土耳其人幾百年前差一點佔領這座島嶼，他們的祖先勇敢的擊退土耳其人……希臘語我一句也聽不懂，英語卻講得漂亮，他說曾經在雅典工作過幾年，還是回家鄉，因爲公司裁員。

馬車緩慢前進，走入了狹窄、彎曲的街巷。島嶼的房子漆著白石灰，幾乎都是兩層樓建築，二樓陽台掛著乾辣椒，一排排深紅，幾隻貓靜靜的垂望而下，一動也不動，像雕刻出來的；一個胖女人在晾衣服，胸口開得很低，一雙木瓜乳房幾乎跳躍而出。

問我從何處來？我說：Taiwan。他轉過頭來，聲調略微提高：Thailand？我再重複了一次：Taiwan。他似懂非懂的「喔——」拉得長長，這一點也不奇怪，在英文裡，台灣與泰國聽起來似乎相仿。

馬車繞了一圈，街巷幾乎多數緊掩大門，問說：年輕人哪裡去了？回答是：去了雅典，工作或者求學；島上只有婦女以及老人。你應該夏天來，愛琴海藍得像一杯冰凍可口的檸檬水，冬天，愛琴海在沈睡的……。

冬天，愛琴海在沈睡。

在這沈睡的愛琴海所深深擁抱的小島賣紀念品的商店，邂逅了一排瓷燒的小房子，可以捧在手掌心，藍色或紅色的屋頂，白色的牆，綠色的窗，有尖塔的教堂，掛招牌的咖啡店，地中海式的住宅，可以排成一條袖珍的市街……用報紙緊密的包裹它們，確信回家之後，我會在書桌打開的暈黃燈下，重新排列它們；這樣，我會擁有一座小小的城，彷彿輕微、魅惑的愛琴海波浪拍岸而來，我，輕闔雙眼，朦朧間，彷彿又回到希臘小島。

4

喜歡撫挲縮小爲五百分之一的飛機模型，主要是出自於傾往鳥的自由翱翔以及旅行性向。

旅行的遙遠航路，幽幽然從眠夢中醒轉，或者也許根本沒有醒來，機艙裡一片深暗，輕微的熟睡鼾聲，未眠者戴著耳機，凝注座前那幾吋寬的小螢幕，看電影或者飛航資訊，而飛機正在三萬呎高空。

醒後的自己，彷彿肉體與靈魂一時抽離……。未回神，竟不知今夕是何年？前塵往事，拍鼓著羽翼，接迎而來……，偶回首，深暗中，一雙發亮的眸看你，既熟稔又遙遠，好像百年前曾經攜手同行。

喜歡裹在薄暖的毛毯裡，定睛看著座前小螢幕的航行圖，紅色指標延伸，銀色飛機正是意味我們正在海洋上空，再過去是一座綠色的島嶼，再來就飛入遼闊的大陸……。一排數據出來；時速九百公里，高度三萬一千呎，艙外溫度攝氏零下五十一，距離目的地六千三百公里……。

達文西在羊皮紙上，畫下飛行器的第一道筆觸之時，是否想到四百年後，巨大的飛行器每架可以載運三、四百人，作二十個小時不著陸飛行，一天就可以航行過半個地球？百年前的萊特兄弟❽，則是將達文西的紙上之夢演化爲眞實，這些是值得感謝的。

習慣的，向飛機上免稅商品推車買一架飛機模型，搭某個航空公司的某種機型，就有那類的飛機模型。從DC-10，波音747，空中巴士A300到較小型的MD-81，ATR-72及福克50……我的置物架上整齊的排列了十多架飛機模型。

喜歡在工作的空暇，或看書覺得疲乏之時，隨手把玩那些幾可亂眞的飛機模

❽萊特兄弟：指威爾伯・萊特（Wilbur Wright，一八六七～一九一二）及奧維爾・萊特（Orville Wright，一八七一～一九四八）兩兄弟。美國籍的飛機發明家。西元一九〇三年製造出人類史上第一架裝有動力裝置的飛機，並完成試飛。一九〇五年製造完成的飛機，能轉彎、傾斜並做圓圈飛行，是世界上第一架實用的飛機，後又陸續研究改進，一九〇八年時，已能搭載乘客在天空翱翔。一九〇九年在工商界人士支持下成立萊特公司，專門製造飛機，成為飛機製造業的先驅。也譯作「來特兄弟」。

型；依照眞實機體比例縮爲五百分之一，這樣的精確比例，使得我必需藉助放大鏡才能清晰看見機型上的編號及標誌，常笑自己是「玩物喪志」……。

曾由於找尋心儀已久的飛機模型，卻有所遲疑竟誤過了機會而自責不已。

那是耶誕假期的新加坡烏節路，在一處地下商場吃完沙爹米粉，信步繞到隔壁的模型店，一架找尋很久的英製手工打造的前蘇聯航空TU四具螺旋槳客機，靜靜的停駐在玻璃櫃裡，不便宜的價格，坡幣二七五元大約是台幣五五〇〇元，全店打折，只有這架僅有的飛機模型不打折。店主人說：它在等待有緣人。一連去看了兩次，還是遲疑於它的昂貴。第三次決定不再議價，前去購買時，模型店竟然提早打烊。

茫然的佇立在夜晚依然人潮湧漫的烏節路，沮喪而自責，想到生命中錯過的一些美好，如今又是舊事重演。

它，在等待有緣人。

模型店的主人堅定的說，眼神那般冷冽。

終究，與我無緣……彷佛情愛般的荒謬呢。

5

峇色巴里島[9]回來的朋友，常會送我木雕面具。這些雕刻著鷹或者猴、蛇造型，並且塗以紅、黃、綠、橙，甚至貼著金箔的祭神面具眞的精彩極了，我喜歡將之懸於牆上。

這樣，我的牆上掛滿了面具。

事實上，面具們不全然來自印度尼西亞，他們有的來自斯里蘭卡、南朝鮮、尼泊爾以及非洲的肯亞，多樣的造型，意味著不同的民族及信仰文化。

我也同樣眷戀那種來自異國原住民族的木雕人像，收藏著紐西蘭毛利人[10]的雕刻，用烏心石木，眼睛的部分則鑲以蠔殼，泛著珠貝反射的綠色。夏威夷的喜神，則是故人所贈，歡喜佛銅雕是畫家好友從西藏帶來……。

[9] 峇色巴里島：島名。屬印尼所有。位於爪哇島以東，距離首都雅加達約一千公里，為印尼小巽他群島西端的島嶼，面積約五千六百平方公里。自然條件優越，盛產稻米、棉花及菸草。舉凡音樂、舞蹈、戲劇都很著名，是印尼的觀光勝地。也作「峇里島」、「巴里島」。

[10] 毛利人：紐西蘭的波里尼西亞民族，為波里尼西亞群島移民的後裔。大部分居住在北島。操毛利語，原信多神，後受西方文化影響，多信基督教新教和天主教。傳統上，部落為其最大的社會組織，崇拜共同的始祖。家族為基本的生產團體，有芋、薯等農作，兼以採集、狩獵為生。

我就置身在許多的眼睛裡，那些牆上猙獰的面具，若有所思的俯看我的走動，以及我的愉悅、沮喪，不知道夜來沈睡之後，面具們議論我些什麼？除了友人旅行回來的贈予，在我旅人的路上，彷佛尋找一個靜靜等待在那裡的伴侶，它們被懸掛在木質或者磚造的牆上，等候我將它們帶回家來。

隱約會聽到面具們的聲音，彷佛風吹過風鈴那般的微細……。旅人帶回面具，卻自始不識那雕刻面具的匠人。有一次定定凝視一張肯亞的面具，看久了有些失神，竟幾疑面具開始說話……，那種突然而來的驚悸，好像陷入另一個空間，壯闊荒蕪的大草原，成群的斑馬以及吵雜、奔躍的狒狒們……。

南朝鮮民俗村一角，那沈默瘦削的中年男子穿著一襲古代的白衣褲，低首熟練的雕刻手裡的梧桐木面具，而後上透明漆，並要我稍作等待，風乾以後的面具背面，他用心，審愼的蓋上紅色的印章，那是一九八六年五月微寒的漢城。

收藏面具？哪一張是最眞的臉顏？在貪慾、寒冷、惡質的紅塵歲月，每天要戴哪一張面具出去？哪一張臉才像眞正的自己？

我，還是不斷旅行，不斷尋找面具。

6

翻開旅行手記，在每一個陌生的異國城市，記載每一次的旅行經歷，從扉頁寫到末頁，而後回到生長的島國，手記不再像撕開包裝紙時那般的新，甚至沾染到咖啡或紅茶的汁液。一如旅行人的心也帶回些許生命的滄桑與疲倦。

打開書桌上的燈，靜靜翻看手記裡走過的旅程，除了匆忙、潦草的文字還貼著某個美術館的門票，某個城市機場稅，一場歌劇的入場券等等……，好像長長的夢，卻是眞正走過。

抬起頭來，燈下擺著的，在莫斯科紅場⓫附近舊物市場買到的列寧⓬頭像，北美賓州與紐約州交會處冰雪小鎮驚喜發現的綠琉璃圓盒……，也許今生就去那麼一次，卻成爲永恆。

⓫紅場：地名。即「紅色廣場」（Red Square）。俄羅斯首都莫斯科的中心廣場。位於莫斯科河以北，克里姆林宮的正東面，周圍有圖書館、大學、劇院、印刷廠等建築物。此廣場為前蘇聯政權的神經中樞，每年閱兵及民間遊行的場所。縮稱為「紅場」。

⓬列寧：人名。（一八七〇～一九二四）蘇俄共產革命者與政治理論學家。與托洛斯基（Trotsky）、史達林（Stalin）等人組織共產黨，為一九一七年大革命的領袖，推翻俄帝的專制統治，建立蘇維埃聯邦社會主義共和政權。列寧發展了馬克斯主義，曾發表唯物哲學、經驗批判哲學等方面的著作，確立共產主義理論的基礎。

我用手記收藏旅行，也在旅行中收藏記憶，有一天，當我逐漸老去，行動不再敏捷，思緒不再流暢，它們都會是我一生最美麗的景色和追念。

導讀

林文義（一九五三～），臺北市人。國立臺灣藝術專科學校廣播電視科畢業，十八歲開始文學寫作生涯。曾任《書評書目》、《文學家》雜誌社總編輯、自立晚報副刊主編、施明德國會辦公室主任、電視、廣播節目主持人，現為專業作家。目前已出版小說集有《鮭魚的故鄉》、《革命家的夜間生活》、《北風之南》、《藍眼睛》等，散文集有《多雨的海岸》、《島嶼之夢》、《撫琴人》、《銀色鐵蒺藜》、《母親的河》、《港，是情人的追憶》、《旅行的雲》、《手記描寫一種情色》等。

本文共分六段。第一段開門見山，直寫旅途的冒險與驚喜，而接續下來以四大段描繪自己所收藏的旅遊紀念品，分別述說那曾經走過的旅程。最後一段則回歸主題，就像所有的旅人終究得自歸家園，「打開書桌上的燈，靜靜翻看手記裡走過的旅程，除了匆忙、潦草的文字還貼著某個美術館的門票、某個城市機場稅、一場歌劇的入場券等等」，記憶行過天涯的旅程，也印證自我的存在。

喜愛四處自由旅行的林文義，除了用手記記錄旅行外，也在旅行中收藏記憶。本篇藉著自己收藏的四種旅遊紀念品——義大利佛羅倫斯的小琉璃、希臘愛琴海邊的瓷燒小房子、縮小五百分之一的飛機模型、峇色巴里島的木雕面具，似一把鑰匙，輕易地即可開啟一段旅行的回憶。誠如作者所言「有些地方今生可能就去那麼一次」，那麼在多年之後、在經過無數昏昧忙碌的生活擠壓之後，憑什麼確認自己曾經去過呢？帶回各地販賣具有特色的紀念品，凡走過必留下證據，在年老力衰時用以追念那曾經走過的美麗風景。

作者每旅行過一地，都盡可能收藏當地有特色的紀念品；當然，他不會是為了炫耀自己的購物戰利而寫作。他的散文迷人之處往往在於從文中可看出其性格真摯的一面以及對生活的感懷。例如在佛羅倫斯迷路的「大路痴」、為了購買昂貴的飛機模型所顯現的心裡掙扎，老闆的堅持，作者的優柔猶豫，「終究，與我無緣，……彷彿情愛般的荒謬呢」！「收藏面具？哪一張是最真的臉顏？」這是作者的惶惑，而在現實的生活中，每個所經歷過的人、事、物，又何嘗不是有各種的「面貌」？從不同的角度看，就會看到不同的現象，誰又能說個正確呢？

林文義單篇散文，行文有「輕、薄、短、明」的傾向，而分段相當密集，筆端則帶著美麗的哀愁。利用不同的修辭手法，例如明喻、擬人、疊句、頂真等，將對生活的品味和人生的感觸，輕描淡寫的散發在字裡行間，在意境上令人有一種不自覺被催眠的柔和感，彷彿夢境卻又深入心海。

延伸閱讀

一、林文義：《手記描寫一種情色》。臺北：聯合文學，二〇〇〇年二月。

二、愛麗絲・史坦貝克（Alice Steinbach）：《在路上，預約八堂課》。臺北：馬可孛羅出版社，二〇〇九年九月。

三、尚・皮耶・居內執導：「少年斯派維的奇異旅行」（*The Young and Prodigious T.S. Spivet*）。二〇一三年十月。

四、陳懷恩導演：「練習曲—單車環島日誌」。二〇〇六年十一月。

問題與討論

一、如果有機會選擇，你最想去哪裡旅遊？為什麼？

二、在本文中，那個收藏的記憶最令你感觸深刻？為什麼？

三、請在自己的旅遊經歷中，選一紀念收藏品，敘述該次旅遊的記憶。

柯明傑老師撰

單元八　生命感悟

二二、《莊子・秋水》節選

莊周

課文

一

莊子釣於濮水❶，楚王使大夫二人往先焉❷，曰：「願以境內累矣！」❸莊子持竿不顧❹，曰：「吾聞楚有神龜❺，死已三千歲矣，王巾笥❻而藏之廟堂之上。

❶濮水：水名。在今山東省濮縣南。
❷往先焉：前往聘請他。
❸願以境內累矣：指楚威王欲聘莊周為相，以處理國政。累，煩勞。
❹不顧：不予理會，不管。
❺神龜：古人遇有疑難之事，用龜甲來求神問卜以做決斷。由於烏龜是長壽者的象徵，更容易讓人們以為利用龜甲占卜可以有神妙靈驗的效果。
❻巾笥：意即將這隻神龜藏在竹箱裡，並用一條巾布覆蓋在其上。笥，竹箱。巾，名詞當動詞用，覆蓋。

此龜者，寧其死爲留骨而貴乎，寧❼其生而曳尾❽於塗中乎？」二大夫曰：「寧生而曳尾塗中。」莊子曰：「往矣！吾將曳尾於塗中。」

二

惠子❾相梁，莊子往見之。或謂惠子曰：「莊子來，欲代子相。」於是惠子恐，搜於國中三日三夜。莊子往見之，曰：「南方有鳥，其名爲鵷鶵❿，子知之乎？夫鵷鶵發於南海而飛於北海，非梧桐不止⓫，非練實不食，非醴泉⓬不飲。於是鴟得腐鼠⓭，鵷鶵過⓮之，仰而視之曰：『嚇！』今子欲以子之梁國而嚇⓯我邪？」

---

❼寧：願。「寧其……，寧其……」，有表示選擇之意。

❽曳尾：搖曳著尾巴，表示逍遙自得的樣子。曳，搖曳。

❾惠子：惠施，宋國人，莊子的好友。相，名詞當動詞用，意即擔任宰相一職。

❿鵷鶵：鳥名。這裡是莊子的自我比喻。

⓫止：停止，歇息。

⓬醴泉：甜美的泉水。

⓭鴟得腐鼠：鴟，指鷂鷹，是最小的鷹類。這裡比喻惠施。腐鼠，腐爛的死老鼠，比喻相位。

⓮過：經過。比喻莊子到梁國。

⓯嚇……嚇：前一「嚇」字是吃驚發怒的語氣；後一「嚇」字，動詞，意指嚇唬。

三

莊子與惠子遊於濠梁⑯之上。莊子曰：「儵魚⑰出遊從容，是魚之樂也。」惠子曰：「子非魚，安知魚之樂？」莊子曰：「子非我，安知我不知魚之樂？」惠子曰：「我非子，固不知子矣；子固非魚也，子之不知魚之樂，全⑱矣。」莊子曰：「請循其本⑲。子曰『汝安知魚樂』云者，既已知吾知之而問我，我知之濠上也。」

導讀

莊周（約西元前三六九～二八八），戰國時蒙（今河南省商丘縣東北）人，與梁惠王、齊宣王同時。莊周曾為漆園吏，楚威王聞其賢，遣使厚幣迎之，並許以為相，然而，莊周辭不就任。其言論主要見於《莊子》一書，共三十三篇，分為內篇七、外篇十五、雜篇十一，以逍遙自適、順應自然為要旨，其內容多採寓言故事以啟發人性，文筆洋洋灑灑、洸洋恣肆。歷代注解相當多，以西晉時期郭象注最為知名。

⑯濠梁：濠水的橋上。濠，水名。在今安徽省鳳陽縣北。梁，橋梁。
⑰儵魚：白魚。儵，音ㄔㄡˊ。
⑱全矣：明白、清楚。
⑲請循其本：請返回原本的論題。

本篇三則寓言選自《莊子・秋水》。第一則寓言通過神龜寧生而曳尾於途中，不願死而成為人們所尊貴的骸骨，來比喻生命之自由之可貴；第二則與第三則寓言藉由惠施與莊子的兩段對話，以看莊子能超越世俗價值觀的胸襟，可以讓我們了解兩人思維模式大異其趣之處，開啟今人對自我生命省思與觀照的智慧。

一般世俗之人平日所追求的事物，不外乎富貴名利與幸福滿足，然而這些對莊子來說，都不是值得稀罕的事物，因為當人們有待於外物所帶來的滿足感與安全感的時候，反而很容易患得患失，形成生命中不可解脫的束縛與罣礙，使人失去精神上的逍遙自在。因此，莊子藉由「泥塗曳尾」的寓言，來比喻他寧可選擇逍遙自適的生活，也不願意為了名利而失去生命的自由，這也就是莊子不慕世俗的榮華富貴，而有曠達超脫的胸襟。

同樣地，在「惠子相梁」的寓言中，我們看到惠施唯恐失去宰相一職，而對莊子抱持著猜疑嫉恨的心態，卻不知莊子根本無意於功名利祿。這則寓言很巧妙地運用「鴟」叼「腐鼠」嚇「鵷鶵」的比喻，反顯出世俗人心的偏狹執著，恰與莊子的超越俗情而有開闊自在的胸懷形成一個很好的對比。

至於莊子與惠施一起在濠水之上的石橋觀游魚之樂。莊子體會到水中的白魚從容悠遊的快樂，但惠施卻問難，莊子既不是魚，怎麼知道魚很快樂？莊子也很巧妙的回應惠施：「您也不是我，怎麼知道我不知道魚很快樂？」怎料，惠施順著莊子的話，話鋒一轉說道：「我不是您，本來就不能知道您的感受，您也不是魚，那您無法知道魚很快樂，也就無庸置疑了。」這裡，莊子意識到若順著惠施的名理言論一路辯下去，將偏離原本透過自我的生命修養而體認到游魚之樂的心境，因此，莊子要返回當初說魚很快樂的情境。

事實上，莊子並沒有正面地給予惠施一個答案，因為莊子是由證道而體悟到魚很快樂。這裡就涉及到人的精神修養的境界高下，當人能夠化解自我與外物的對立，而產生物我兩忘且情景交融的心境，讓一己之心遊於天地之間，魚之樂即是我之樂，我之樂即是魚之樂。

延伸閱讀

一、王邦雄：《莊子道》。臺北：里仁書局，二〇一〇年。
二、顏崑陽：《莊子的寓言世界》。臺北：漢藝色研文化事業有限公司，二〇〇五年。
三、傅佩榮：《逍遙自在的人生：《莊子》賞析》。臺北：幼獅文化事業股份有限公司，二〇〇一年。

問題與討論

一、以上三則寓言蘊含著甚麼樣的人生道理？你從其中獲得了甚麼啓發？
二、請就古今中外的歷史故事或人物傳記來舉例，印證以上三則寓言的意義。
三、在「濠梁觀魚」的寓言中，為什麼惠施不能理解莊子的想法？

李美燕老師撰

二三、為了下一次的重逢

陳義芝

課文

清明時候，又一次來到聖山寺。在濛濛的小雨裡，我特意先彎到雙溪國小，將車停在溪畔，獨自走進空無一人的操場。沿著圍牆，穿越教室走廊，在那株森然的茄苳樹下，彷彿又看到穿著紅白花格襯衣的邦兒。

那年邦兒就讀小二，星期天我帶他和小學五年級的康兒坐火車郊遊，在車上隨興決定要在哪一站下。父子三人的火車之旅，第一次下的車站就是雙溪。小當年操場上太陽白花花地，小跑著嬉鬧一陣，邦兒就站到茄苳樹蔭下去了。小時候，他憨憨的、胖胖的，聽由媽媽打扮，有時穿白襯衫打上紅領結，煞是好看。那天穿花格襯衫，捲袖，許是天熱，流了一身汗，又沒零嘴吃，雙溪這處所因而並不稱他的心。我們沒走到街上逛，天黑前就意興闌珊搭火車回家了。

一晃眼十幾年過去。一樣是周末假日，此刻，我獨自一人，蕭索對望雨洗過的蒼翠山巒與牛奶般柔細的煙嵐，四顧茫茫，樹下哪裡還有花格子衣的人影？茄苳印象不過是瞬間的神識剪貼罷了。

那時，兩兄弟是健康無憂的孩子，經常走在我的身邊，而今邦兒已在離雙溪不遠的聖山寺長眠，住進「生命紀念館」三樓，遙望著太平洋；康兒經歷一場死別的煎熬，選擇留在加拿大。我和紅媛回返台北，仍頂著小户人家亟欲度脫的暴風雨，三年來，經常穿行石碇、平溪的山路，看到福隆的海就知道，快到邦邦的家了。

邦兒過世，漢寶德先生寄來一張藏傳佛教祖師蓮花生大士的卡片，中有綠度母像，我一直保存著，因安厝邦兒骨罈的門即爲綠度母所守護。綠度母乃觀世音悲憐眾生所掉眼淚的化身；邦兒是我們家人眼淚的化身。林懷民寄了一枚菩提迦耶（Bodhgaya）的菩提葉，左下缺角如被蟲囓過，右上方有一條葉脈裂開。我靜靜地看這枚來自佛陀悟道之地的葉子，傳說中永遠翠綠不凋的枝葉，一旦入世也已殘損，何況無明流轉的人生。青春之色果眞一無憑依！

還記得三年前我懷抱邦兒的骨罈到聖山寺，與紅媛一道上無生道場，心道師父開示「生命的重生與傳續」。師父說，人的緣就像葉子一樣，葉子黃的時候就落下，落到哪裡去了呢？沒到哪裡去，又去滋養那棵樹了。樹是大生命，葉子是小生命，小生命不斷地死、不斷地生，大生命是不死的。人的意識就像網路一樣交叉，分分合合，不斷變化，要珍惜每一段緣。

「我們會再碰面嗎？」傷心的母親泣問。

「沒有人不碰面的！」師父說：「我們只是身體、想法在區隔，如果你的想法跟身體都不區隔它，我們都是在一起的。」師父更以眾生永是同體，勉勵傷心的母親要愛護自己。

命運不是人安排的，人只能身受命運的引領。如果不是朋友勸說，我們不會申辦移民，如果不是我有長久的寫作資歷，無法以作家身分辦理自雇移民，如果不是移民，孩子不會遠赴加拿大念書，也許就沒有這場慘痛的意外。然而，一切意外看起來是巧合，又都是有意義的。蜂房的蜜全由苦痛所釀造，蜂房的奧祕就是命運的奧祕。

邦兒走後，我清理他的衣物，發現一本台灣帶去的書《肯定自己》，是他國中時念的一本勵志書，「以意外事件來說，交通事故是死亡率最高的事件。生活周遭也時時刻刻藏著許多一發不可收拾的危險……」這是他寫的一段眉批。他寫這話時何嘗預知十年後的發生，但十年後我驚見此頁卻如讖語一般電擊，益加相信不幸的機率只能以命運去解釋。這三年我常想到法國導演克勞德・雷路許拍的電影《偶然與巧合》，雅麗珊卓・瑪汀妮茲飾演的芭蕾舞者，在愛子與情人一起意外身亡時，孤身完成一段尋覓摯愛的旅程。紅衣迷情的芭蕾麗人驟然變成黑衣包裹的沉哀女子。果眞如劇中人所云「越大的不幸越值得去經歷」嗎？不久前我找來這部片子重看，雜糅了自己這三年的顛躓回憶，總算體會了：人生沒有巧合只有注定，意外的傷痛也會給人預留前景。

紅媛和我在無生道場皈依，師父說：「佛法要去見證。」我們就從「佛法是悲苦的」開始見證起，趕在七七四十九天內，合唸了一百部地藏經，化給邦邦。我於是知道地藏菩薩成道之前，以名叫光目的女子之身，至地獄尋找母親，啼淚號泣，發下地獄不空誓不成佛的誓願。佛法如烏雲邊上的亮光，當烏雲罩頂，一般人未必能即時參透，但透過微微的亮光，多少能化解情苦。

「我們還會再碰面嗎？」無助的母親不只一次椎心問。

「沒有人不碰面的，」師父不只一次回答：「我們只有一個空間，都在一個意識網裡，現在只是一時錯開，輪迴碰到的時候就又結合了。」他安慰我們，未了的緣還會再續，多結善緣，下一次見面時生命就能夠銜接得更好。

我恍惚中知道，人的大腦很像星空，若得精密儀器掃描，當可看到漂浮於虛空的神識碎片。三年前，如果邦兒只是腦部受傷，我想，他的神識碎片會慢慢聯結，會慢慢癒合的，可惜意外發生時他的心肺搏動停止太久才獲急救，終致器官敗血而無力可挽。在醫院加護病房那七天，他看似沒有知覺沒有反應，但我相信天文學家的分析，黑洞有一種全宇宙最低的聲波，比鋼琴鍵中央C音低五十七個八度音，那是黑洞周圍爆炸引起的，已低吟了三十億年。邦兒經歷死亡掙扎，無法用聲口傳語，必代之以極低頻率的聲波回應我們在他耳邊的說話。三年來，這聲波仍不斷地在虛空中迴盪，在我們生命的共鳴箱裡隱約叫喚。若非如此，我們怎麼一直無法忘去，由他出現在夢裡？若非如此，做母親的怎會痛入骨髓，甚至肩頸韌帶斷裂。

做完七七佛事那天，親人齊集無生道場，黃昏將盡，邦兒的嬸嬸在山門暮色中驀然看見邦兒，還聽到他說：「我不喜歡媽媽那樣，不想她太傷心！」這是最後的辭別，母子連心的割捨。

邦兒走了三年，我才敢重看當年的遺物，他的書本、筆記、打工薪資單和遺下的兩幅油畫。從紫色陶壺裡伸出一條條絹帶那幅他高中時畫的油畫，意象奇詭，像是古老的「瓶中書」，又像現代的傳眞列印紙；有時看著看著又聯想到是某一古老染坊的器物。

他有一篇英語一〇一的報告，談加拿大女作家瑪格麗特．艾特伍的小說

〈浮出表面〉，敘事者尋找失蹤的父親及她的內在自我，角色疏離與文化對抗的主題融會了邦兒的體驗，讀之令人失神。

我同時檢視三年前朋友針對這一傷痛意外寫來的信。發覺能安慰人的，不是「請節哀」、「請保重」、「請儘快走出陰霾」的話，而是同聲一哭的無助，像李黎說的「有一種痛是徹骨的，有一種傷是永難癒合的」，像隱地說的「人在最難過的時候，別人是無法安慰的，所有的語言均變成多餘」，像董橋說的「人生路上布滿地雷，人人難免，我於是越老越宿命」，也像張曉風說的：

> 極大的悲傷和遽痛，把我們陷入驚竦和耗弱，這種經驗因爲極難告人，我們因而又陷入孤單，甚至發現自己變成另一國另一族的，跟這忙碌的、熱衷的、歡娛的、嬉笑的世界完全格格不入……但，無論如何，偶然，也讓自己從哀傷的囚牢中被帶出來放風一下吧！

她告訴我的是「死」而「再生」的道理，當我搖晃地走出囚牢才約略有一點懂了。

事情發生當時，友人幫我詢問台大腦神經外科醫生，隔洋驗證醫方；傳書叮囑誠心誦唸「南無藥師如來佛琉璃光」百遍千遍迴向給孩子。待我辦完邦兒後事回台，很多朋友不惜袒露自己親歷之痛，希望能減輕我們的痛楚。齊邦媛老師講了一段被時代犧牲的情感，她二十歲痛哭長夜的故事。陳映眞以低沉的嗓音重說幼年失去小哥，他父親幾乎瘋狂的情景。

蘭凋桂折，各自找尋出路……這就是人生。我很慶幸在大傷痛時，冥冥中開啓了佛法之門。從《心經》、《金剛經》、《地藏菩薩本願經》，到《法華經》，紅媛與我或疾或徐地翻看，一遍、十遍、百遍誦讀。

「就當作這孩子是哪吒分身，來世間野遊、歷險一趟，還是得回天庭盡本分。」老友簡媜的話，像一面無可閃躲的鏡子：「生兒育女看似尋常，其實，我們做父母的都被瞞著，被宿命，被一個神祕的故事，被輪迴的謎或諸神的探險。我們曾瞞過我們的父母卻也被孩子瞞了。」

王文興老師來信說：「東坡居士嘗慰友人曰：兒女原泡影也。樂天亦嘗云落地偶爲父子，前世後世本無關涉。」我據以寫下〈一筏過渡〉那首詩，以「忍聽愛慾沉沉的經懺/斷橋斷水斷爐煙」收束，當作自己的碑銘。

歸有光四十三歲喪子，哀痛至極，先作〈亡兒壙誌〉，再建思子亭，留下〈思子亭記〉一文。他至爲鍾愛的兒子十六歲時與他同赴外家奔喪，突染重病而亡，歸有光常常想著出發那天，孩子明明跟著出門，怎料到足跡一步步就消失在人間。此後，不論在山池、台階或門庭、枕席之間，他總是看到兒子的蹤跡，「長天遼闊，極目於雲煙杳靄之間」，做父親的徘徊於思子亭，祈求孩子趕快從天上回來。這是邦兒走後，我讀之最痛的文章。

美國詩人愛默森追悼五歲兒子的長詩〈悲歌〉，我也斷續讀過兩遍。孩子是使世界更美的主體，早晨天亮，春天開花，可能都是爲了他，然而他失蹤了：

大自然失去了他，無法再複製；
命運失手跌碎他，無法再拾起；
大自然，命運，人們，尋找他都是徒然。

誰說「所有的花朵終歸萎謝，但被轉化爲藝術的卻永遠開放」？誰說「詩文可以補恨於永恆」？邦兒已如射向遠方的箭，沒入土裡，歲歲年年，我這把人間眼淚銹染的弓，只怕再難以拉開，又如何能夠補恨於今生！

活著的，只是心裡一個不願醒的夢罷了。芸芸眾生誰不是爲了愛而活著，爲了下一次的重逢，在經歷不是偶然的命運！

導讀

陳義芝（一九五三～），曾使用筆名陳辛、陳棄疾、異植，生於花蓮，成長於彰化，臺灣詩人、散文家及文學評論家。先後畢業於省立臺中師專、國立臺灣師範大學國文系、香港新亞研究所，後獲國立高雄師範大學博士。一九七四年與友人創辦《詩人季刊》，曾任中、小學教師，現任教於大學。陳義芝創作的文類有論述、新詩以及散文，以新詩與散文知名。一九八二年～二〇〇七年任職《聯合報》副刊期間，對臺灣文學與華人文化圈有了更深入接觸，除了創作以外，並主編多種詩選、散文選、小說選。曾獲中山文藝創作獎、金鼎獎、時報文學推薦獎、中興文藝獎章、榮後臺灣詩人獎等。蕭蕭認為陳義芝的作品「始於自塑，終於動人」，張默認為他是「抒情傳統的維護者」，李元洛更指出他是「傳統與現代的交融」者，由此可看出陳義芝融合傳統與現代的文學成就。

〈為了下一次的重逢〉原刊載於二〇〇六年六月十一日《聯合報副刊》，後選入作者散文集《為了下一次的重逢》。描述小兒子邦兒在加拿大艾德蒙頓意外喪生，身為一位父親在喪子之後沉潛三年的生命體悟。作者以至情至性之筆寫出喪子深刻而孤獨的體驗，呈顯出失去摯親天人永隔的哀痛與悲涼。

「死亡」是每個人都會經歷的過程，本文敘述中年喪子之痛，文中無助的母親不只一次椎心的問：「我們還會再碰面嗎？」述說失去骨肉所承受的椎心之痛。然而兒子離逝之後，留下許多生命的問號，陳義芝曾說：「因為邦兒，我從『生活』進入了『生命』，開始我真正的人生探索。」這些問號成為作者的生命課題。在孩子過世周年前夕，陳義芝曾寫下〈異鄉人〉，記述邦兒從小留學生在艾城獨立成長，直到魂斷異鄉的經過。〈為了下一次的重逢〉寫於孩子逝世三年後，此時作者已能翻閱孩子當年的遺物，檢視自己的傷痛。想起兒子的早逝，作者反覆思索不幸事件發生的始末，希望能重新再做一次選擇，只是逝者已矣，人生的一切無非是因緣，「人生沒有巧合只有一注定」，冥冥之中似有註定，父母失去摯愛的孩子，即使自責悔恨也是枉然，只能學會放下，將死亡當作暫時的別離。

面對一場來不及說再見的死別，活著的人更需要一種說法。文中援引明朝歸有光與美國詩人愛默森的思子之作，以此撫慰作者的心靈。面對喪子之痛的憾恨，要學會真正的放下十分困難，作者在佛法修行中尋求平靜，認為「芸芸眾生，誰不是為了愛而活著」，相信他們的孩子終將回來團聚，誠如鍾文音說過：「因為愛，讓缺席的都重聚。」

延伸閱讀

一、陳義芝：《為了下一次的重逢》。臺北：九歌出版社，二〇〇六年八月。
二、鍾文音：〈因為愛，讓缺席的都重聚〉。《聯合報》，二〇〇六年九月。
三、余德慧等：《臨終心理與陪伴研究》。臺北：心靈工坊文化事業股份有限公司，二〇〇六年六月。
四、龍應台：《目送》。新北市：印刻文學生活雜誌出版有限公司，二〇一五年七月。
五、內狄亞・特斯（Nadia Tass）導演：「艾美的世界（Amy）」。一九九七年。

問題與討論

一、如果身旁有好友驟失親人，你會使用何種方式安慰他？

二、當生命走到盡頭時，你會想跟誰道謝或道歉？為什麼？

三、當聽到至親好友因意外過世時，你的感受為何？腦海中第一個閃過的念頭是什麼？

四、請分享全文讓你印象最深刻的一個畫面或文句，並說明理由。

鐘文伶老師撰

二四、父後七日

劉梓潔

課文

今嘛你的身軀攏總好了，無傷無痕，無病無煞，親像少年時欲去打拚。

葬儀社的土公仔❶虔敬地，對你深深地鞠了一個躬。

這是第一日。

我們到的時候，那些插到你身體的管子和儀器已經都拔掉了。僅留你左邊鼻孔拉出的一條管子，與一只虛妄的兩公升保特瓶連結，名義上說，留著一口氣，回到家裡了。

那是你以前最愛講的一個冷笑話，不是嗎？

聽到救護車的嗚笛，要分辨一下啊，有一種是有醫～有醫～，那就要趕快

❶土公仔：處理喪葬墓穴的工人。在殯葬業尚不普及時，土公仔往往還要包辦收屍、清洗大體、聯絡棺木、安排道士或法師等工作。

讓路；如果是無醫～無醫～，那就不用讓了。一干親戚朋友被你逗得哈哈大笑的時候，往往只有我敢挑戰你：如果是無醫，幹嘛還要坐救護車?!

要送回家啊！

你說。

所以，我們與你一起坐上救護車，回家。

名義上說，子女有送你最後一程了。

上車後，救護車司機平板的聲音問：小姐你家是拜佛祖還是信耶穌的？我會意不過來，司機更直白一點：你家有沒有拿香拜拜啦？我僵硬點頭。司機倏地把一張卡帶翻面推進音響，南無阿彌陀佛南無阿彌陀佛南無阿彌陀佛南無阿彌陀佛。

那另一面是什麼？難道哈利路亞哈利路亞哈利路亞哈利路亞?!我知道我人生最最荒謬的一趟旅程已經啓動。

（無醫～無醫～）

我忍不住，好想把我看到的告訴你。男護士正規律地一張一縮壓著保特瓶，你的偽呼吸。相對於前面六天你受的各種複雜又專業的治療，這一最後步驟的名稱，可能顯得平易近人許多。

這叫做，最後一口氣。

到家。荒謬之旅的導遊旗子交棒給葬儀社、土公仔、道士，以及左鄰右舍。（有人斥責，怎不趕快說，爸我們到家了。我們說，爸我們到家了。）

男護士取出工具，抬手看錶，來！大家對一下時喔，十七點三十五分好不好？

好不好？我們能說什麼？

好。我們說好。我們竟然說好。

虛無到底了，我以爲最後一口氣只是用透氣膠帶黏個樣子。沒想到拉出好長好長的管子，還得畫破身體抽出來，男護士對你說，大哥忍一下喔，幫你縫一下。最後一道傷口，在左邊喉頭下方。

（無傷無痕。）

我無畏地注視那條管子，它的末端曾經直通你的肺。我看見它，纏滿濃黃濁綠的痰。

（無病無煞。）

跪落！葬儀社的土公仔說。

我們跪落，所以我能清楚地看到你了。你穿西裝打領帶戴白手套與官帽。

（其實好帥，稍晚蹲在你腳邊燒腳尾錢❷時我忍不住跟我妹說。）

腳尾錢，入殮之前不能斷，我們試驗了各種排列方式，有了心得，折成L形，搭成橋狀，最能延燒。我們也很有效率地訂出守夜三班制，我妹，十二點到兩點，我哥兩點到四點。我，四點到天亮。

鄉紳耆老組成的擇日小組，說：第三日入殮，第七日火化。

半夜，葬儀社部隊送來冰庫，壓縮機隆隆作響，跳電好幾次。每跳一次我心臟就緊一次。

半夜，前來弔唁的親友紛紛離去。你的菸友，阿彬叔叔，點了一根菸，插在你照片前面的香爐裡，然後自己點了一根菸，默默抽完。兩管幽微的紅光，在檀香裊裊中明滅。好久沒跟你爸抽菸了，反正你爸無禁無忌，阿彬叔叔說。是啊，我看著白色菸蒂無禁無忌矗立在香灰之中，心想，那正是你希望的。

第二日。我的第一件工作，校稿。

❷腳尾錢：台灣的民間習俗。人死後，在黃泉路上需要穿山越嶺和渡河的費用，所以陽間的子孫要燒紙錢，以供其在幽冥世界使用，俗稱「腳尾錢」。

葬儀社部隊送來快速雷射複印的訃聞。我校對你的生卒年月日，校對你的護喪妻❸孝男孝女胞弟胞妹孝姪孝甥的名字你的族繁不及備載。

我們這些名字被打在同一版面的天兵天將，倉促成軍，要布鞋沒布鞋，要長褲沒長褲，要黑衣服沒黑衣服。（例如我就穿著在家習慣穿的短褲拖鞋，校稿。）來往親友好有意見，有人說，要不要團體訂購黑色運動服？怎麼了？這樣比較有家族向心力嗎？

如果是你，你一定說，不用啦。你一向穿圓領衫或白背心，有次回家卻看到你大熱天穿長袖襯衫，忍不住虧你，怎麼老了才變得稱頭？你捲起袖子，手臂上埋了兩條管子。一條把血送出去，一條把血輸回來。

開始洗腎了。你說。

第二件工作，指板❹。迎棺。乞水❺。土公仔交代，迎棺去時不能哭，回來

---

❸護喪妻：訃聞中，夫喪，子女尚未成年，元配擔任喪事主持人稱「妻」。若子女已成年，由子女擔任喪主，則稱「護喪妻」。

❹指板因為對於死亡的忌諱，與喪事有關之事物常用別稱，棺木稱為「板」，買棺木叫做「買板」。棺木在亡者入斂前送到喪家，孝眷要在門口「接板」。將棺木運送到喪家，俗稱「放板」。

❺乞水：入殮的儀節，以往到河邊取水，由長子或土公仔以布沾所取來的水為亡者淨身，稱為「乞水」。

要哭。這些照劇本上演的片場指令，未來幾日不斷出現，我知道好多事不是我能決定的了，就連，哭與不哭。總有人在旁邊說，今嘛毋駛哭，或者，今嘛卡緊哭。我和我妹常面面相覷，滿臉疑惑，今嘛，是欲哭還是不哭？（唉個兩聲哭個意思就好啦，旁邊又有人這麼說。）

有時候我才刷牙洗臉完，或者放下飯碗，聽到擊鼓奏樂，道士的麥克風發出尖銳的咿呀一聲，查某囝來哭！如導演喊action！我這臨時演員便手忙腳亂披上白麻布甘頭，直奔向前，連爬帶跪。

神奇的是，果然每一次我都哭得出來。

第三日，清晨五點半，入殮。葬儀社部隊帶來好幾落衛生紙，打開，以不計成本之姿一疊一疊厚厚地鋪在棺材裡面。土公仔說，快說，爸給你鋪得軟軟你卡好睏哦。我們說，爸給你鋪得軟軟你卡好睏哦。（吸屍水的吧？我們都想到了這個常識但是沒有人敢說出來。）

子孫富貴大發財哦。有哦。子孫代代出狀元哦。有哦。子孫代代做大官哦。有哦。念過了這些，終於來到，最後一面。

我看見你的最後一面，是什麼時候？如果是你能吃能說能笑，那應該是倒數一個月，爺爺生日的聚餐。那麼，你跟我說的最後一句話是什麼？無從追考了。

如果是你還有生命跡象，但是無法自行呼吸，那應該是倒數一日。在加護病房，你插了管，已經不能說話；你意識模糊，睜眼都很困難；你的兩隻手被套在廉價隔熱墊手套裡，兩隻花色還不一樣，綁在病床邊欄上。

攏無留一句話啦！你的護喪妻，我媽，最最看不開的一件事，一說就要氣到哭。

你有生之年最後一句話，由加護病房的護士記錄下來。插管前，你跟護士說，小姐不要給我喝牛奶哦，我急著出門身上沒帶錢。你的妹妹說好心疼，到了最後都還這麼客氣這麼節儉。

你的弟弟說，大哥是在虧護士啦。

第四日到第六日。誦經如上課，每五十分鐘，休息十分鐘，早上七點到晚上六點。這些拿香起起跪跪的動作，都沒有以下工作來得累。

首先是告別式場的照片，葬儀社陳設組說，現在大家都喜歡生活化，挑一張你爸的生活照吧。我與我哥挑了一張，你翹著二郎腿，怡然自得貌，大圖輸出。一放，有人說那天好多你的長輩要來，太不莊重。於是，我們用繪圖軟體把腿修掉，再放上去。又有人說，眼睛笑得瞇瞇，不正式，應該要炯炯有神。怎麼辦？我們找到你的身分證照，裁下頭，貼過去，終算皆大歡喜。（大家圍著我哥的筆記型電腦，直嘖嘖稱奇：今嘛電腦蓋厲害。）

接著是整趟旅程的最高潮。親友送來當做門面的一層樓高的兩柱罐頭塔。每柱由九百罐舒跑維他露P與阿薩姆奶茶砌成，既是門面，就該高聳矗立在豔陽下。結果曬到爆，黏膩汁液流滿地，綠頭蒼蠅率隊占領。有人說，不行這樣爆下去，趕快推進雨棚裡，遂令你的護喪妻孝男孝女胞弟胞妹孝姪孝甥來，搬柱子。每移一步，就砸下來幾罐，終於移到大家護頭逃命。

尚有一項艱難至極的工作，名曰公關。你龐大的姑姑阿姨團，動不動冷不防撲進來一個，呼天搶地，不撩撥起你的反服母⑥及護喪妻的情緒不罷休。每個都要又拉又勸，最終將她們撫慰完成一律納編到折蓮花組。

神奇的是，一摸到那黃色的糙紙，果然她們就變得好平靜。

⑥反服母：母親健在而兒子先亡，依傳統禮俗，尊長應為卑幼服喪。母親在堂，反為長子治喪持服，稱為反服母。

三班制輪班的最後一夜。我妹當班。我哥與我躺在躺了好多天的草席上。（孝男孝女不能睡床。）

我說，哥，我終於體會到一句成語了。以前都聽人家說，累嘎欲靠北，原來靠北眞的是這麼累的事。

我哥抱著肚子邊笑邊滾，不敢出聲，笑了好久好久，他才停住，說：幹，你眞的很靠北。

第七日。送葬隊伍啓動。

我只知道，你這一天會回來。不管三拜九叩、立委致詞、家祭公祭、扶棺護柩，（棺木抬出來，葬儀社部隊發給你爸一根棍子，要敲打棺木，斥你不孝。我看見你的老爸爸往天空比畫一下，丟掉棍子，大慟。）一有機會，我就張目尋找。

你在哪裡？我不禁要問。

你是我多天下來張著黑傘護衛的亡靈亡魂？（長女負責撐傘。）還是現在一直在告別式場盤旋的那隻紋白蝶？或是根本就只是躺在棺材裡正一點一點腐爛屍水正一滴一滴滲入衛生紙滲入木板？

火化場，宛如各路天兵天將大會師。領了號碼牌，領了便當，便是等待。我們看著其他荒謬兵團，將他們親人的遺體和棺木送入焚化爐，然後高分貝狂喊：火來啊，緊走！火來啊，緊走！

我們的道士說，那樣是不對的，那只會使你爸更慌亂更害怕。等一下要說：爸，火來啊，你免驚惶，隨佛去。

我們說，爸，火來啊，你免驚惶，隨佛去。

第八日。我們非常努力地把屋子恢復原狀，甚至風習中說要移位的床，我們都只是抽掉涼席換上床包。

有人提議說，去你最愛去的那家牛排簡餐狂吃肉（我們已經七天沒吃肉）。有人提議去唱好樂迪。但最終，我們買了一份《蘋果日報》與一份《壹週刊》。各臥一角沙發，翻看了一日，邊看邊討論哪裡好吃好玩好腥羶。

我們打算更輕盈一點，便合資簽起六合彩。08。16。17。35。41。

農曆八月十六日，十七點三十五分，你斷氣。四一，是送到火化場時，你排隊的號碼。

（那一日有整整八十具在排。）

開獎了，17、35中了，你斷氣的時間。賭資六百元（你的反服父、護喪妻、胞妹、孝男、兩個孝女共計六人每人出一百），彩金共計四千五百多元，平分。組頭阿叔當天就把錢用紅包袋裝好送來了。他說，台號特別號是53咧。大家拍大腿懊悔，怎沒想到要簽？可能，潛意識裡，53，對我們還是太難接受的數字，我們太不願意再記起，你走的時候，只是五十三歲。

我帶著我的那一份彩金，從此脫隊，回到我自己的城市。

有時候我希望它更輕更輕。不只輕盈最好是輕浮。輕浮到我和幾個好久不見的大學死黨終於在搖滾樂震天價響的酒吧相遇我就著半昏茫的酒意把頭靠在他們其中一人的肩膀上往外吐出菸圈順便好像只是想到什麼的告訴他們。

欸，忘了跟你們說，我爸掛了。

他們之中可能有幾個人來過家裡玩，吃過你買回來的小吃名產。所以會有人彈起來又驚訝又心疼地跟我說你怎麼都不說我們都不知道？

我會告訴他們，沒關係，我也經常忘記。

是的。我經常忘記。

於是它又經常不知不覺地變得很重。重到父後某月某日，我坐在香港飛往東京的班機上，看著空服員推著免稅菸酒走過，下意識提醒自己，回到台灣入境前記得給你買一條黃長壽。

這個半秒鐘的念頭，讓我足足哭了一個半小時。直到繫緊安全帶的燈亮起，直到機長室廣播響起，傳出的聲音，彷彿是你。

你說：請收拾好您的情緒，我們即將降落。

——出自劉梓潔，《父後七日》，寶瓶文化事業股份有限公司出版

導讀

劉梓潔，一九八〇年生，臺灣彰化人。臺灣師範大學社會教育系新聞組畢業，清華大學台灣文學研究所肄業。曾任《誠品好讀》編輯、琉璃工房文案、中國時報開卷週報記者，曾獲聯合文學小說新人獎、林榮三文學獎散文首獎。著有散文集《父後七日》、《此時此地》、《愛寫》，短篇小說集《親愛的小孩》、《遇見》，長篇小說《真的》、《外面的世界》、《自由遊戲》。近年跨足電視，擔任編劇統籌，現為專職作家、編劇。

〈父後七日〉敘述從彰化縣北上工作的女青年返鄉奔父喪經歷道教與傳統喪葬習俗的故事。禮儀原本應該以真實情感為核心，葬禮尤其應該莊嚴隆重，臺灣的喪葬禮儀，喪家不知道禮儀的意涵，只能依照土公仔的指示去做，就連什麼時候應該哭什麼時候不能哭都無法自主，往往流於形式化，顯得荒謬。父親喜歡抽菸，弔唁的朋友插在香爐的是菸而不是香；找不到適合的告別式場的照片，用電腦繪圖軟體修圖與合成；罐頭塔經陽光曝曬，汁液流滿地；用死亡相關的數字簽六合彩，

得到彩金，……作者用戲謔嘲諷的手法展現具有臺灣特色的喪葬禮儀，既荒謬又真實。文中使用大量的臺語，彰顯臺灣鄉土特色，讓文字更為靈活生動，俗諺「累嘎欲靠北」原本是指累到像父親死掉痛哭那種程度，一般人使用只是比喻，在文中因為父親過世而賦予真實的體驗，用來表示糟糕、不滿或遺憾或者不屑他人的叫苦抱怨的粗俗口頭語「靠北」於是有了不同的意涵。

劉梓潔「喜歡捕捉光鮮之下的陰影，肅穆之中的荒謬」，並且相信「悲傷的、失去的、瑣碎難耐的，只要把它說得好笑，也許就寫得下去，看得下去。」透過書寫，可以轉化，可以療癒。原本應該肅穆的喪禮，處處充滿荒謬感；父親過世原本是件非常悲傷的事情，因為用好笑的方式去說，作者寫得下去，讀者看得下去。陳芳明在評審意見〈讓悲傷昇華〉說：「殯葬儀式的繁文縟節混亂了家族中每個為亡者的生活秩序。……語言是那樣放縱，然而深沉的哀悼就暗藏在其中，痛苦被淨化了，對父親的懷念變成永恆。」頗能掌握作者創作的意旨。

劉梓潔將〈父後七日〉改編為電影，重視人物的角色塑造與葬禮的情節發展，電影使散文的人物得到拓展和飽滿，引發觀眾專對於傳統葬儀與迷信風俗的關注與省思，榮獲臺北電影節最佳編劇與金馬獎最佳改編劇本。

延伸閱讀

一、劉梓潔：《父後七日》。臺北：寶瓶文化事業有限公司，二〇一〇年八月。

二、王育麟導演：「父後七日」（DVD）。新北市：台聖多媒體股份有限公司，二〇一〇年。

問題與討論

一、請以個人觀察或參加喪葬儀式的經驗，提出對於臺灣生命禮俗的看法。

二、父後七日，土公仔交代要哭，敘述者「我」才哭；父後某月某日，半秒鐘想幫父親買香菸的念頭，何以會讓「我」足足哭了一個半小時？

三、「有時候我希望它更輕更輕」，「它又經常不知不覺地變得很重」。何謂「輕」？何謂「重」？請就所知說明之。

四、請比較散文〈父後七日〉與電影《父後七日》在人物設置與情節發展的異同。

簡光明老師撰

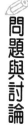

Note

Note

Note

Note

Note

國家圖書館出版品預行編目資料

生命越讀：大學國文選／國立屏東大學中國語文學系主編. ——三版. ——臺北市：五南圖書出版股份有限公司，2020.08
面； 公分
ISBN 978-986-522-141-6（平裝）

1.國文科 2.讀本

836 109010488

1X2C

生命越讀——大學國文選

編　　撰— 國立屏東大學中國語文學系(447.7)
主　　編— 柯明傑
編 撰 者— 尤麗雯、朱書萱、余昭玟、李美燕
林秀蓉、林其賢、柯明傑、黃文車
黃惠菁、簡光明、嚴立模、鐘文伶
企劃主編— 黃惠娟
責任編輯— 魯曉玟
校　　對— 張耘榕
封面設計— 韓衣非
出 版 者— 五南圖書出版股份有限公司
發 行 人— 楊榮川
總 經 理— 楊士清
總 編 輯— 楊秀麗
地　　址：106臺北市大安區和平東路二段339號4樓
電　　話：(02)2705-5066　　傳　　真：(02)2706-6100
網　　址：https://www.wunan.com.tw
電子郵件：wunan@wunan.com.tw
劃撥帳號：01068953
戶　　名：五南圖書出版股份有限公司

法律顧問　林勝安律師

出版日期　2010年9月初版一刷
2014年9月二版一刷
2020年9月三版一刷
2024年8月三版五刷
定　　價　新臺幣380元

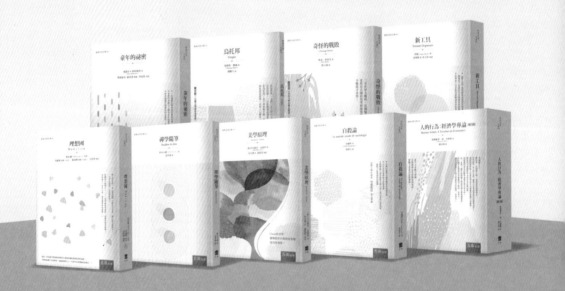